Tiara Label
ティアラ文庫

ホテル王のシンデレラ

みかづき紅月

presented by Kougetsu Mikazuki

JN282667

プランタン出版

イラスト／辰巳仁

※本作品の内容はすべてフィクションです。

プロローグ　私とおじさまの秘密

いつも思い出すのは、たった一夜限りの熱い抱擁《ほうよう》。

暗がりにひっそりと波打つ二つの影。重なり交じり合う悩ましい吐息。

あの夜は、夢とうつつの境界線がひどく曖昧《あいまい》で、今でも時折、不安になる。

本当は夢だったたんじゃないかと――

だけど、身体は覚えている。あの夜がけして夢ではなかったのだと。

心臓が早鐘《はやがね》のように打ち、嵐のような風が全身に吹き荒れていた。

あの特別な夜から私の初めての恋は始まった。否、始まってしまったというほうが正確かもしれない。

なぜなら、この恋は、誰にも言えない秘密の恋だから……。

「ライオードおじさま……」

私は自室のマホガニーのライティングデスクで熱いため息を一つつくと、お気に入りのものや思い出の品を貼り付けたスクラップブックを開いた。

これは私の日記帳。デザイナーがインスピレーションを喚起《かんき》されるように包装紙や写真をコラージュしてつくるイメージブックに近い。

まだ私が小さい頃、文字が書けるようになったことを記念してママからプレゼントされたもので、重厚な臙脂《えんじ》色のカバーがとてもシック。私の宝物の一つだ。

まっさらな白いページをリボンや包装紙でデコレートして使っている。

一日一日の思い出を大切にそのノートに閉じ込めておくことにしている。

それは、遠い将来、絶対に財産になるのだと、私の母は言っていた。

ちょっぴり寂しくなったときやとてもつらいときに、何度も日記帳が母を救ってくれたのだという。

ページを繰っていき、去年の聖クリスの祝日までさかのぼる。

聖クリスの祝日——大事な人に感謝の気持ちを込めて贈り物をし合う素敵な日。

いつもはカフェでの仕事を終えた後、店のみんなでささやかなパーティーを開いていたのだけど、去年の祝日は違っていた。

そのページには一枚のチケットの半券が貼られてある。

これは私の運命を変えたチケットで、お気に入りのスタンプやシールでデコレートしている特別なもの。何度も触れているせいで、そのページ以上にボロボロになっている。

指先でチケットにそっと触れてみると、あの時の記憶が鮮明に蘇ってきて胸の奥がかっと熱くなる。嵐が渦巻き、吹き荒れる。

私は目を閉じて、嵐を胸から逃すようにため息をついた。

おじさまの車の音が聞こえないかと耳を澄ますも、聞こえてくるのは草原を駆け抜ける風の音と草の葉がこすれ合う音だけ。

「次はいつお会いできるのかしら……」

前にお会いしたのが二十日前。次にいつ戻っていらっしゃるかは分からない。

会いたいのに会うことができない。

日記を書いてデコレートしたり、料理に没頭したり、勉強の復習をしてみたり——寂しさを紛らわす術だけはだいぶうまくなったと思うけど、それが少し悲しい。

目を開いて窓の外を見ると、雲間には細く赤い三日月が輝いていた。

紺碧《こんぺき》の夜空に今開かれようとしている悪魔《デモン》の目のようにも見え——

不安に駆られ、私は胸を押さえ、再びきつく目を瞑《つむ》った。

周囲に隠していようとも、神様の目はごまかせない。私とおじさまの秘密はきっと神様もご存じのはず。きっといつか天罰がくだる。

「それでも私は——」

脳裏に浮かぶのはライオードおじさまの顔。

深い悲しみをたたえた青灰色《ブルーグレー》の瞳——

一度見たら忘れられない吸い込まれそうな苦悩が滲《にじ》んでいて……その理由を知りたい。

苦悩を取り除いてあげたい。そう思ってしまう。

そんなこと口にしたら「何を小娘が偉そうなことを」と笑われてしまうだろうけど。

私は十六、おじさまは四十。親子ほど年が離れているのだから。

否、親子ほど――ではない。私とおじさまは親子なのだ。少なくとも書類上は。

なぜおじさまは私を養女へと迎え入れたのだろう。

そうでなければ、まだ禁忌《きんき》にはならなかったはずなのに。

罪は罪、軽いも重いもないけれど、それでもまだ幾分か罪の意識は軽くて済んだだろう。

駄目だ。こんな風に考えだすとキリがない。

「……何を贅沢《ぜいたく》なことを。お傍《そば》にいられるなら、どんな形であれ私は幸せなのに」

私は自分自身に言い聞かせるように呟いた。

第一章　聖なる日、熱が交わされて

ユール大陸の最西端にあるパリシア国は豊かな文化を誇る国である。

王都パリスを中心として、演劇、美術、音楽、ファッションなど、ありとあらゆる文化が花開き、隆盛を極めている大都会だ。

夢を抱いた若き芸術家を積極的に受け入れる土壌《どじょう》があり、日々新たな芸術が生まれ、それが多くの人々を魅了し、消費を加速させる結果、ますます国は繁栄する。

古い文化をリスペクトしながらもそれに引きずられることなく、新しいものが創り出されていく結果、町並みは古いものと新しいものとが絶妙なバランスをもって混在し、見事な景観を生み出している。

王都中央のラヴァーナ広場を中心に幾多の立派な建物が続々と建てられ、最先端のファッションを発信する高級ブティックが数多く軒《のき》を連ねていた。

通りを行きかう人々の装いも豪奢《ごうしゃ》で煌《きら》びやかな世界が広がっている。

文化人が集うサロンも、そこかしこでおこなわれ、毎晩どこかしらで盛大なパーティーが開かれていた。

ただし、光あるところには影あり。

大都会においては、おのずと貧富の差は激しくなるのが常だ。

だが、パリシアにおいては、才能一つで富を手に入れられる可能性があり、貧しい者も希望を持つことができる。

そこには、生まれてきた環境をどうにもしようがないという諦めはない。

美術館は無料だし、公共施設のいたるところに芸術品が無造作に置かれている。

芸術と生活が密接につながっており、志さえあればチャンスを掴むことができ、栄華を謳歌《おうか》することだって夢ではない。

ゆえに、多くの若者たちが、田舎から夢と期待に胸を膨らませてここにやってくる。

そんなパリシアにおける聖クリスの祝日、王都は深い雪に包まれていた。

横殴りの猛吹雪《もうふぶき》が辺り一面を灰色に塗りつぶしている。

町行く人たちは誰もが分厚いコートの前を掻き合わせ、家族への土産を小脇に抱え、前屈みで家路を急いでいた。

色とりどりのランプが美しく国中を彩り、吹雪さえなければ、恋人や家族連れがその光景を楽しみながら歩いている姿があちらこちらで見られるはずなのに。

悪天候のせいで、今年は外を出歩く人たちはまばらだった。

しかし、通りに臨む窓からは家中をリボンやレース、金色に塗った松の実などで飾りつけ、ご馳走を囲む家族の団欒《だんらん》の光景が垣間見える。

一人の年配の紳士がちらりと、そんな窓に目をやった。眉間には深い縦皺《たてじわ》が刻まれ、憂《うれ》いを帯びた表情が精彩に欠けるが、その彫りの深い顔立ちは端正だ。若かりし頃はさぞかし美男だったのだろう。その面影はいまだ残っている。ゆるいウェーブがかかり灰色がかった銀髪に雪がうっすらと積もっている。

彼は、すぐに窓から視線を逸らしてしまうと、「カフェ・ドゥ・リュヌ」という看板がかけられた古ぼけたドアを押して中へと入っていった。

重いドアの隙間から、暖かな空気と陽気な声とが洩れでてくる。

が、紳士の姿を認めるや否や、店内がにわかにざわついた。

「おい……あれ、ホテル・ライオードの……」

パリシア国中で彼の名を知らない人はいない。

セザール・ライオード――ホテル・ライオードのオーナーである。

ここパリシア国の中心部、ラヴァーナ広場に面する一等地に創業したホテル・ライオード・パリシアを皮きりに、世界中の要となる地に五十を超えるホテルを創り、経営している。

主に上流階級の支持を集めているクラシカルなホテルである。

そのオーナーが、名の知れた店ならまだしも、ラヴァーナ広場からもかなり離れた小道

にある古びた小さなカフェにやってくるとは⁉

その場に居合わせた誰もが怪訝《けげん》そうな顔をして、コートから雪を払い落とすライオードにチラチラと視線をくれる。

が、誰も彼に近寄ろうとはしない。

ライオードオーナーといえば、気難しい人間で、その逆鱗《げきりん》に触れた者は、ただではおかないという悪評も有名である。彼の不興をかって、解雇《かいこ》された人間も数多い。

興味はあるが、なるべく関わり合いになりたくない。

客たちからは、そんな姿勢が見てとれる。

だが、一人の少女が物怖じすることなく、彼に駆けよった。

「いらっしゃいませ。外はすごい雪でしたでしょう？　これタオルです。拭いてください」

物怖じするどころではなく、目をきらきらと輝かせ、屈託のない笑みをたたえて、ライオードにタオルを勢いよく差し出した。

アンジェラ・ローズ。カフェ・ドゥ・リュヌの歌姫、セミューザを母に持つ少女で看板娘的な存在である。パフスリーブが目を引くクラシックなエプロンドレスがよく似合っている。

長いウェーブがかった明るい茶色の髪を高い位置で束ねてポニーテールにしていて、それは彼女が動くたびに快活に揺れる。

エメラルド色の瞳は、いかにも好奇心旺盛そうな輝きを放っていた。白い頬に薄く浮かんだそばかすもチャーミングだ。

人懐っこい彼女はライオードを特に怖いとは思わない。

他の客に接するのとまったく変わらない態度で接する。

否、彼女は努めてそう見えるように努力していた。

ランプの灯りで傍目には分からないが、彼女の頬は明らかに赤らんでいる。

畏怖するのとは明らかに真逆の反応だった。

彼女のそんな対応にライオードは一瞬だけ驚きに目を見開いたが、仏頂面のまま、タオルを受け取った。

自分に構うなというような威圧感をあからさまに醸《かも》し出しているが、アンジェラは一向に気にしない。

むしろ、構うなと言われても一歩も退かない心づもりだった。なぜなら、彼女にとってこの出会いは千載一遇《せんざいいちぐう》のものだったのだから。

「さあさ、暖炉の傍《そば》のお席にどうぞ。身体を温めてください」

彼女は白い歯を見せて笑うと、パタパタと厨房へと走っていった。

胸が高鳴って、身体中の血が沸騰したかのように熱い。

（……あぁ、まさかあのライオード様がカフェにいらっしゃるなんて夢みたいっ）

アンジェラは父を早くに亡くしている。

父がもし生きていたら——こんな風だったらいいのに。

想像力が豊かな彼女は、子供の頃から理想の父親像を思い描いてあれこれ夢想していた。誰にも尊敬されるような立派な紳士で、厳しいけど包容力に満ちていて。言葉数は少ないけれど、自分の話をたっぷり聴いてくれるような人だったらいいのに。

新聞に載っていたライオードの写真はまさに彼女の理想の父親像そのものだった。

アンジェラはライオードの写真を切りぬいて日記帳にスクラップしていた。ホテル・ライオードのオーナー。めったに会えるものではないが、たまに広場近くでクラシックカーから降りる姿を見かけては一方的に胸をときめかせていた。

(すごいすごいすごい！　あの日記帳って本当に魔法の日記帳だったんだわ。ママが「この日記帳に欲しいものや会いたい人の写真や絵を貼って、毎日眺めていると夢がかなう」って言ってたけど本当だったんだ！)

厨房に全速力で駆けこむと、アンジェラはショコラを細かく刻むとミルクパンにいれ、ミルクを注いで火にかけはじめた。そのあまりにも真剣な様子に、店主兼コックのソルダは何一つ口を挟むことができなかった。

やがて、アンジェラが銀のトレーに湯気の立つカップをのせてホールへと戻ると、コートを脱いだライオードが、暖炉傍の席に腰かけ、分厚い革の手帳を開いて中に目を通していた。銀色の鎧《よろい》をモチーフにしていると思しき万年筆でさらさらと手帳に何事かを書きつけている姿が絵になる。

足を止めると、彼女は彼の姿に見惚《みほ》れてしまう。

ライオードは、Ｉラインの黒いスーツをラフめに着こなしていた。タイと胸ポケットのチーフは臙脂《えんじ》のシルク。生地の光沢といい、シルエットの美しさといい、上等な生地を使ったオーダーメイドのスーツだとすぐに分かる。

彼はふと顔をあげると、いかめしい顔でギロリと周囲を睨《にら》みつける。

好奇のまなざしで彼を観察していた客たちは、慌てて彼から目を逸らした。

そこで我に返ったアンジェラは、銀のトレーを手に彼の席へと向かった。

「お待たせしました」

彼女がそう言ってカップをテーブルの上に置くと、ライオードが顔をしかめる。

「――注文はまだのはずだが？」

テノールの低い声がアンジェラの胸を震わせた。

聞く者が震えあがるような厳しい口調だが、やはりアンジェラは臆《おく》さない。

「これはサービスです。今日は聖クリスの祝日ですから。せっかく贈り物を贈り合う日なのに、カフェ・ドゥ・リュヌからの贈り物が風邪では申し訳ありませんもの」

小さく肩を竦《すく》めて満面の笑みを浮かべて、ライオードにカップをすすめた。

「ショコラショーです。熱いうちにお召し上がりください」

ソーサーに手を添え、カップを持つと、ライオードはショコラショーの香りを嗅いだ。

甘く優しい香りが鼻をくすぐる。ショコラショーは、疲れたときに心身共に温めてくれるデザートドリンクだ。

アンジェラは、彼がカップに口をつけるのを固唾を呑んで見守る。

「あ、はい。身体が温まるようにとジンジャーパウダーを隠し味にいれてみました」

「……この風味は」

「……ほう」

「少しは身体も温まりましたでしょうか？」

「ああ……」

「よかった！　甘い飲み物がお好きじゃなかったらどうしようと思ってました」

アンジェラがほっと安堵のため息をつくと照れ臭そうに言う。

そんな彼女にライオードは片眉を吊り上げてみせる。

「好きじゃなかったらどうするつもりだったんだね？」

「それでも、一口は飲んでいただきたかったんです。ショコラショーは私が一番大好きで一番オススメのドリンクで――つくるのが一番得意な飲み物ですから」

目を輝かせながらそう言うアンジェラにライオードはすっかり毒気を抜かれてしまう。

たとえ甘いものが苦手な客でも、こんな風に言われたら悪い気はしないだろう。

「こちらが当店のメニューになります。オススメはターキーのローストです。こちら必要な分だけ、サーブしに参りますので、おなかいっぱい召し上がってくださいね。どうぞごゆっくり」

アンジェラは上機嫌でメニューの説明をすると、にっこりと笑って勢いよくお辞儀をして踵《きびす》を返した。

だが、そんな彼女の腕をライオードが摑んだ。

驚いたアンジェラが身を竦ませる。

「……は、はい？　な、何か……」

摑まれたところがまるで熱を持っているかのよう。彼の力の強さに驚く。

「君と私は初対面のはずだが、なぜ旧知の仲のように接するんだね？」

「そ……それは……その」

アンジェラは頰を仄かに染めると口の中で言葉を転がした。

「ライオード様にとっては初対面かもしれません。でも、私にとってはそうじゃなくて。新聞や雑誌などで存じ上げている……つもりになってまして。お姿も何度か広場でお見かけして。って、やだ、こんな風に言うとなんだか私変な子みたい……。ファンみたいなものと考えていただければ一番かな……と」

たどたどしい口調で一生懸命説明する彼女をまるで値踏みするかのような目でライオードは眺める。

（ライオード様が私を見てる……）

アンジェラは胸を高鳴らせながら目を細めた。

服を着ているのに、すべて脱がされ、一糸もまとわぬ生まれたままの姿を見られているような錯覚に陥る。

彼のまなざしの愛撫《あいぶ》だけでアンジェラはどうにかなってしまいそうだった。

肌が粟立ち、ぶるりと身震いする。

「……失敬」

ややあって、我に返ったライオードは、アンジェラから手を離し、目を伏せてしまう。

孤独を滲《にじ》ませた渋いその表情にアンジェラは胸を衝《つ》かれる。

「――いいえ、私に何か御用ですか？」

アンジェラはライオードを気遣い、彼のほうに改めて向き直ると彼の言葉を待つ。

しんと辺りが静まり返った。周囲が固唾を呑んでその様子を見守る。

すると――ライオードは厳しい表情のまま重い口を開いた。

「……人に借りを作るのは私の主義に反する」

一瞬、アンジェラは彼の言うことが分からずきょとんとした顔をする。

「借り……ですか？」

「ああ」

ライオードはちらりとショコラショーに目をやる。そこでアンジェラは彼の意を解した。

（まさか、ショコラショーを無料でサービスされるワケにはいかないということ？）

たった一杯のショコラショーなのに。

彼の生真面目さ、律義さにアンジェラは笑いをかみ殺す。

「あは、お優しいんですね。でも、大丈夫です。そのお気持ちだけで十分ですから」

優しいという言葉を聞いて、ライオードがぴくりと片方の眉を動かした。

口を真一文字に引き結び、不愉快そうに顔をしかめると、唐突に彼女に尋ねる。

「君はオペラはお好きかな？」

「え⁉　え、ええ……それはもちろん」

唐突な質問に目を丸くしながらもアンジェラは頷いた。思わず、目を泳がせて、ちょうどピアノの椅子に腰を下ろそうとしていた母に助けを求めるように目をやる。

が、母親は薄い笑みを浮かべたまま、いたずらっぽいウインクをよこすだけ。

ライオードは、スーツの胸ポケットからチケットを取り出すとアンジェラに見せた。

「ならば、ぜひご招待したいのだが？　これで借りはなしということで。いいかな？」

「えええ⁉」

いきなりの展開にアンジェラは素っ頓狂《とんきょう》な声をあげてしまう。

（ライオード様が、私をオペラに誘ってくださってる⁉　まさか……そんな。いくらなんでもありえなさすぎる。夢よ、絶対に夢だわ！）

アンジェラは夢じゃないかと自分の頬をつねって、その痛さに呻《うめ》く。あまりの彼女の慌てっぷりになじみの客たちは笑いを堪えるのに必死だった。

「あの……その……オペラに誘っていただいてると解釈してもよろしいのですか？」

「そのつもりなのだが？　何か問題でも？」

「あぁっ！　夢みたい……でも……」

彼女はチケットを改めてじぃっと間近で見ると、顔を曇《くも》らせ肩を落とした。

「でも……このチケットって……今夜……ですよね？」

「ああ。実を言うと連れが来れなくなったものでね」

ライオードは小さく肩を竦めてみせる。彼の仕草の一つひとつは洗練されていて、伊達男然としている。アンジェラの胸は高鳴りっぱなしだった。

だが——彼女は唇を噛みしめると言った。

「今夜はその……私、カフェの仕事がありますし。せっかくのお誘い、本当にうれしいのですが……行けそうにありません。申し訳ないです」

エメラルドの瞳が潤み、涙の膜《まく》がせりあがり、今にも大粒の涙が落ちてしまいそうだ。

だが、アンジェラは斜め上を見上げて気丈に涙をこらえる。

口端を一生懸命あげようとしている彼女を見て、ライオードの表情がわずかに緩む。

「問題ない。それならば、私が店主にかけあおう。君をお借りしたいのだが、と」

思い立ったら即行動とばかりに、颯爽《さっそう》と席を立ったライオードをアンジェラは止める。

「……迷惑かけてしまいますし。それにオペラのチケットってとても高価なものですし、ショコラショーのお礼にはとてもつりあいません……」

「ものの価値は相対的なものだと思うのだがね？」

「相対的……ですか？」

「ああ、値段を決めるのは客だという意味だ」

「でも、それにしても……申し訳ないと思ってしまいます」

アンジェラは胸の前で手を組むと身体を縮こまらせる。

「エスコートされるレディがそのような無粋なことを考える必要はない」

そう言い残すと、ライオードは悠々《ゆうゆう》とした足取りで厨房のほうへと歩いていく。

アンジェラは慌ててその背を追おうとする。

だが――

（無理に追いかけて止めるのも、もしかしたらレディらしくないのかもしれない）

さっき彼に言われたことを思い出して足を止めた。

レディ扱いされたことなんて初めてで、どうしたらいいか分からない。

不機嫌そうなライオードの顔を思い出し、アンジェラはため息をついた。

（私、ライオード様を怒らせてしまったのかしら）

皮肉な物言いといい、にこりとすらしない仏頂面といい、冷たいまなざしといい、強引な態度といい――ライオードは人を寄せ付けない天賦《てんぷ》の才能を持っているかのようだ。

だが、不思議とアンジェラはそれを嫌だとは感じない。

むしろ、アンジェラは、彼が自分の本心を見透かして、配慮してくれているように思う。

心臓がドクドクと早鐘のように鳴り続けていた。男性にこんな風にリードされるのは初めてのことだ。

ややあって、ライオードが店主と話をつけてアンジェラの元へと戻ってきた。

「話はついた。さあ、行こう」

ライオードはショコラショーの残りをあおると、壁のフックにかけたトレンチコートを羽織ってアンジェラを促す。

「――え、その。本当に大丈夫なのでしょうか？」

「君は私を疑うのかね？」

「いえ、そういうつもりではないのですが……」

ちらちらと厨房のほうを心配そうに見やるアンジェラに彼は説明した。

「君の代わりにうちのホテルの従業員を何人か、ここによこすことになったから何も心配しなくていい」

「え、えええ？　ホテル・ライオードの方たちを⁉」

「ああ、そうだ。店主は慌てていたようだが、快諾してくれた」

「そりゃそうでしょうけど……」

世界に名だたるホテルの従業員がヘルプに入るのだというから、きっと慌てるどころの話ではない。今頃、店主が厨房でひっくり返っているんじゃないかとアンジェラは別の意味で心配になった。

「さあ、行こう」

トレンチコートを着たライオードがアンジェラへとすっと手を差し伸べてきた。がっしりとした大きな彼の手を、夢見心地でとろうとした彼女は、はっと我に返る。

エプロンドレスはさほど汚れてはいないものの、ところどころ汚れが気になる。

「あの、今からすぐ……ですか？　少しだけ準備する時間をいただけませんか？　さすがにこんな格好ではとても……」

アンジェラは自分のワードローブを頭の中に思い描きながら、蚊《か》の鳴くような声でそう言うのがやっとだった。

準備しに家に一度戻ったところでたかがしれているかもしれない。だが、少なくともエプロンドレスよりは幾分かマシだろう。

ライオードの隣にいると、急に自分の格好がひどくみすぼらしく思えてくる。

オペラは富裕層の娯楽。皆――特に女性は豪奢なドレスやアクセサリーで着飾り、男性にエスコートされるもの。

ラヴァーナ広場でも、これからオペラに行くカップルは格別華々しい格好をしているのですぐに分かるほどだ。いつもそれを見て、アンジェラはいいなぁと思いながらも、自分にはまったく縁のない世界だと思っていた。

「準備？　すべて私に任せてもらいたいのだが。何も心配はいらない」

「せ、せめて一番お気に入りのワンピースを家までとりに戻らせてください……。髪も結わないと……ああ、オペラだなんて初めてなので。どうしたらいいか……」

アンジェラが慌てふためいていると、ライオードが深いため息をついた。

そして、鋭いまなざしで彼女の双眸《そうぼう》を射貫くと、一言一言をゆっくりと噛みしめるように言った。

「二度同じことを言わせないでもらいたい——すべて私に任せてもらいたい」

「あ……」

彼の気迫にアンジェラは呑まれてしまいそうになる。

命じ慣れているもの特有の首を横に振ることは許されない強い口調だった。彼女は口をつぐむとおずおずと頷いた。

すると、彼は満足そうに口ひげを撫でた。

アンジェラが救いを求めるように、ピアノを弾いている母を見る。

すると、彼女はにっこりと笑って小さく頷いてみせると、ウインクをよこしてきた。

そして、アンジェラが一番お気に入りの歌を歌い始める。

その歌に勇気づけられると、アンジェラは目をしばたたかせながら、ライオードをじぃっとすがるように見つめた。こうなったらなるようになれという心境だった。

ライオードはぎごちなく苦笑すると、居住まいを正して腰を軽く曲げ、左手を胸に当て右手を彼女へと差し出した。

「お嬢さん、ご一緒していただけますか？」

「は、はい……よ、喜んで」

アンジェラはそう言い切るのがやっとだった。

震える手をおずおずと差し出すと、ライオードはその手をとった。

その手は燃えるように熱く感じられる。

(こんなのやっぱり絶対に夢に違いない)

空いているほうの手で、今度は頬ではなく自分の太腿をつねってみる。

「いっ……」

しっかり痛くて思わず声を出してしまうと、ライオードが怪訝そうな顔をして尋ねた。

「ん、どうしたのだね?」

「い、いえ、な、なんでもありません」

恥ずかしさやら信じられない気持ちやらがいっぱいになって、アンジェラの頭の中は真っ白になってしまう。

ある日、いきなり憧れの男性が目の前に現れて、淑女にするかのように自分の手をとってくるなんて。

だが、夢ではなく現実なのだと彼女は自分に言い聞かせる。

「さて、それでは行こうか」

慣れた様子で腕を緩めてくの字にすると、ライオードがアンジェラを一瞥《いちべつ》した。

「はい……」

アンジェラはぎごちない所作で彼の腕に自分の腕を絡めた。

男性にこんな風にエスコートされるのも初めてなので緊張する。

(大人の女性になったみたい)

頬が熱く火照ってしまい、今、自分がどんな顔をしているか分からない。

常連客や母親にそんな顔をみられたくなくて、彼女は俯いた。

長いまつげが白い頬に影を落としていた。


カフェから外に出てみると、幸い雪はほとんど止んでいた。風は弱まり、ちらほらと上空から雪の粒が舞い降りてくる。さきほどの吹雪がウソのようだ。

とはいえ、雪が積もっていて、通りの石畳を完全に隠してしまっている。

地面がオレンジ色の街灯を反射して美しく輝いていた。

「つきゃ……」

アンジェラが足を滑らせそうになってはライオードの腕にしがみついてしまう。

そのつど彼女の身体を支えてやりながら、ライオードはありし日を思い出してた。

聖クリスの祝日、今日よりもずっとひどい吹雪で一向に止む様子もないのに、オペラを観に劇場へと向かったことがあった。

なにせ一メートル前も見えないほどの強い吹雪だった。

案の定、道に迷い、適当なカフェに入って一休みして――それから再び劇場を目指してなんとかたどり着くことに成功した。

だが、肝心の公演は結局中止となり、後々の笑い話となったものだ。

「――まあ、今回は大丈夫だろう」

「え、何がですか？」

アンジェラが慎重に足を運びながらライオードをちらりと見た。

「吹雪も早めに止んだことだし、公演が中止になりはしないだろう」

「……そう願います。きゃあっ！」

編み上げのブーツの底が滑り、アンジェラが仰向けに倒れそうになる。

ライオードが咄嗟《とっさ》に彼女の腰に手を回して身体を支えてやった。

「す、すみま……せん。大丈夫です」

気丈に大丈夫とはいいながらも、腰が完全に引けてしまっている。その様子にライオードは目を細めた。

何もかもが懐かしい。こんな感覚は久々だった。

普段の移動は車か汽車か客船ばかりで、めったに外をこうして歩いたりはしない。

聖クリスの祝日の吹雪――ふと思い立ち昔を思い出しながらあてどなく外を歩き、偶然立ち寄ったカフェでまさかこんな出会いが待っていようとは。

ライオードは不思議な思いにとらわれ、アンジェラをじっと見つめる。

少女の口元からは白い息がリズミカルに吐き出されては冷たい大気に溶け消えてゆく。雪がウェーブがかった茶色の髪のいたるところに留まり、水滴となってインペリアルトパーズの輝きを放っていた。

赤く色づいた頬に抜けるように白い肌――まるで天使のように可憐《かれん》な少女だと思う。

(現実主義者《リアリスト》が気でもふれたか?)

ライオードは皮肉っぽい笑みを口元に浮かべると自嘲する。

「足元がすっごく滑ってしまって。わ、わざとじゃないんですけど……」

「私は一向に構わないがね? 歩きづらいようなら抱き上げてゆこうか?」

「い、いえっ! 大丈夫です。一人で歩けますから……っきゃぁあ」

言った先からよろめくアンジェラをライオードが支えてやる。

何度となく既視感《デジャヴ》が訪れ、彼は顔をしかめた。

鼻の付け根を親指と人差し指で押さえると、空を仰ぐ。

「……ライオード様?」

「いや、なんでもない」

そう言うとライオードは白い雪を踏みしめて、しっかりとした足取りでアンジェラをエスコートする。

アンジェラは深い苦悩が皺となって目尻に刻み込まれた彼の顔をじっと見つめていた。

ライオードのエスコート先は、ラヴァーナ広場に面したホテル・ライオードだった。すでに雪は完全に止んでおり、ホテルの前には何台もの高級車が乗りつけ、長蛇の列を成していた。

徒歩で入り口に入っていくような客はほとんどいない。

だが、ライオードは堂々とした足取りで石壁の大胆なレリーフが目を引く入り口へと向かっていった。

ドアボーイがライオードの姿を認めるや否や、背筋をしゃんと伸ばして深々と一礼する。つられてアンジェラも丁寧に礼を返してしまい、怪訝そうな顔をされてしまった。

もう入り口からして場違いもいいところで、どう振る舞えばいいのか分からない。

だが、彼女をリードしてくれるライオードの腕が頼りになる。彼女は彼の腕をぎゅっと抱きしめた。そうしていると不安が紛れ、勇気が湧いてくるような気がする。

ドアボーイに恭《うやうや》しい態度で案内され、エントランスの回転扉をくぐりぬけると、そこにはさらなる別世界が広がっていた。

「うわぁ……すごい」

赤いふかふかの絨毯《じゅうたん》が敷き詰められたエントランスの天井はどこまでも高く、虹色の輝きを放つ大きなシャンデリアがさがっている。アンティークと思しき椅子や机はどれも猫足で、優美な曲線が格調高いホテルに似つかわしい。

ロビーでは、身なりのよい人たちが、くつろいで談笑している。

特に女性たちは皆ドレスアップしている。まるで美しさを競い合うかのように。

広いツバを持ち、大きな羽根が大胆に留められている帽子をかぶっている女性が目立つ。

最近、流行っている型らしく、広場付近でもよく見かける。

その帽子に大粒の宝石をあしらったブローチをつけたりと、皆、思い思いにアレンジして楽しんでいるようだ。

アンジェラはうっとりと見とれてしまう。

ヴァイオリンやビオラを手にした楽師たちが、聖クリスの祝日の賛歌をアレンジしてムーディーに奏でている。

最初は驚きと感動が先立ってうっとりと周囲を見渡していたアンジェラだが、自分に向けられる周囲の興味本位な視線に気づいた途端、急に居心地が悪くなる。

アンジェラにとっては、場違いもいいところで、すっかり恐縮しきってしまう。

彼女はライオードの腕をぎゅうっと抱きしめた。

すると、彼は彼女の肩を勇気づけるようにポンポンと軽く叩いてくれる。それだけでアンジェラは勇気が湧いてきて、ライオードを頼もしく思う。

ライオードの姿を目にするや否や、場を取り仕切る支配人が飛んできた。

「これは……オーナー。急なお越しで。すぐにお部屋を準備いたします」

「ああ、それとこちらのお嬢さんをオペラにお連れするので支度を頼みたい。時間は三十分。その時間に合わせて車の手配も頼む」

「は、はい……かしこまりました」

一瞬、訝しげな表情を浮かべた彼だったが、即座に笑顔を取り戻すと、「お嬢様、こちらへどうぞ」と頭を垂れた。

アンジェラは身構え、不安そうにライオードの顔を見上げた。

彼は「大丈夫だから行っておいで」と目で彼女に伝え、頷いてみせる。

ライオードに勇気づけられると、アンジェラは口を真一文字に引き結んで、支配人に先導され、緩やかな螺旋《らせん》階段を地下へと下りていった。

途中、後ろを振り返ると、まだ彼女を見送っていたライオードと目が合って、彼女は慌てて目を逸らしてしまう。

ライオードと出会って以来、アンジェラはずっと調子が狂いっぱなしだった。

果たして——地下には、さまざまなブティックが軒を連ねていた。
煌びやかなアクセサリーがショーウインドーにずらりと並べられ、ケーキショップには、マカロンやカップケーキなど、おもちゃのように可愛い菓子たちが、ずらりとディスプレイされている。

「素敵……」

ライオードと離れた不安もどこへやら、アンジェラは女性の夢という夢をぎゅっと詰め込んだおもちゃ箱のようなブティックの数々に見惚れてしまう。こうして眺めているだけで、心がほくほくとあたたまってくる。

だが、今はじっくり眺めている時間はない。

支配人に促され、アンジェラはドレスショップへと入っていった。いかにも肌触りがよさそうな生地の、レースをたっぷりとあしらったドレスをマネキンが身にまとっている。

支配人は、女性の店員にアンジェラをドレスアップするよう指示を出した。

店員は、アンジェラによく似合うオフホワイトのドレスを選び、それに合わせてアクセサリーやバッグなどをチョイスする。アンジェラは、ただ茫然《ぼうぜん》とされるがままだった。

「いかがでしょう？　とてもお似合いですよ」

瞬く間にドレスアップが完了し、アンジェラは鏡の中の自分をまじまじと見て息を呑む。

（これが本当に私？）

コルセットでウエストを細く絞られ、息をするのも苦しいくらいだが、腰のくびれや、大きく開いた胸元の膨らみに驚きを隠せない。ドレスは女性らしさを強調するものが多いが、メイクをしてもらったこともあり、とても大人っぽく見える。

三つ編みを頭に巻きつけるようにして結いあげられた髪からは、くるんっとカールした髪が数束垂らされていてとてもフェミニンだ。

耳元でアンジェラの瞳と同じ色の大粒のエメラルドをあしらったティアドロップ型のイヤリングがきらりと輝いた。

と、そのときだった。

「用意はできたかな？」

不意にテノールの声がして、アンジェラはびくっと細い双肩を跳ね上げた。

「はい、オーナー。とても可愛らしくおなりですよ」

ライオードの声を耳にした途端、アンジェラは反射的にフィッティングルームのカーテンをぎゅっと摑んで身を隠してしまう。

女性店員は「あらあら」と苦笑し、その横でライオードが顎に手を当てて、カーテンに身を包んだアンジェラを見ていた。

「なぜ、隠す必要があるのだね？」

苛立ちを抑え込んだ声で彼が尋ねてくる。尋ねるというよりは詰問する語調だ。

「だ、だって……私にも分かりません。なんだかすごく……恥ずかしくて……こんな格好初めてですし……」

アンジェラはカーテンで顔を覆うと、いやいやと首を左右に振る。

すると、ライオードは眉間に皺を寄せると厳しい声で言った。

「時間がないと言ったはずだがね？」

「……うぅ……は、はい……す、すみません……」

萎縮《いしゅく》したアンジェラが、カーテンからおずおずと手を離した。

ライオードは「ほう」と感嘆《かんたん》の息を洩らす。

ほっそりとくびれた腰には大きなサテンのリボンがアクセントを添えており、チュールがたっぷりと入ったふんわりとしたスカートの裾には目の細やかなアンティークレースがあしらわれている。

店員が見立てたオフホワイトのドレスはアンジェラにとてもよく似合っていた。

全身にライオードのまなざしを感じ、アンジェラの頬は上気してしまう。

（ああ……消えてしまいたいくらい恥ずかしい……）

せめて、胸元くらいは手で覆い隠してしまいたい。

そう思うも、ライオードにじっと見つめられていると、どういう訳か身体が竦んでしまい身動きできなくなる。胸の奥が妖しくざわめく。彼の瞳はまるで魔眼のようにアンジェラの心身を拘束《こうそく》してくる。

カフェで彼に見つめられた時以上に、アンジェラの心臓は強く脈打っていた。

「――イヤリングは瞳の色に合わせたのだな。君にとてもよく似合っている」

ライオードがそう言うと、彼女の耳元に揺れるイヤリングに軽く指で触れてきた。

「っ!?」

首筋に彼の指がわずかに触れ、アンジェラは肩を竦めると、びくんっと大げさなほど反応してしまう。

（わ、私なんて恥ずかしい反応を……ただイヤリングに触れられただけなのに）

顔に血が集まり、アンジェラはいたたまれない気持ちになる。

彼の目、指――すべてに得体の知れない力が備わっているようにしか思えない。アンジェラの心身は鋭敏すぎるほど鋭敏に反応してしまう。

ライオードの双眸が、恥じらいに目を落ち着きなくしばたたかせるアンジェラを鋭く射貫いていた。ただ厳しいだけでない。アンジェラの態度に触発されたせいか、今は獣じみた光を宿らせている。

「……褒めていただいて……あ、ありがとうございます……」

耳まで真っ赤になったアンジェラは、唇をわななかせて途切れ途切れこう言うのがやっとだった。にっこりと優雅に微笑もうとするも、ひきつれた笑いしか浮かばない。もっと大人っぽく余裕に満ちた振る舞いをしたいと思うのに、まったくうまくいかなくて自己嫌悪に陥《おちい》る。

「君は本当に素直すぎるほど素直だな」

ライオードがため息を一つつくとぼそりと呟いた。

「す、すみません」

「謝る必要はない。これでも褒めているのだよ。素直は美徳だ。特に、女性は素直なほうがいい。喜ばせ甲斐《がい》があるというもの」

彼は彼女の手をとると、白い手袋越しに口付けてきた。

「っ!?」

やはりアンジェラは目をきつく瞑《つむ》り、身体を強張らせてしまう。

必死に反応すまいと心がけていても、ライオードに触れられると、たちまちその決意はどこぞへと吹き飛んでしまう。

触れられたところが熱を持っているかのように熱い。

アンジェラは息を乱して、眉をハの字にして切なげにライオードを見た。

鷹《たか》のように鋭い青灰色の瞳がアンジェラのエメラルドの瞳を見据えていた。その捕食獣にも似た目にアンジェラは息を呑む。心が激しく掻き乱されて痺れてくる。

そんな彼女の胸の内をまるで見透かしたようにライオードは口元に薄い皮肉めいた笑みを浮かべた。

だが、彼は敢えてそのことには触れずにこう言った。

「──さあ、表に車を待たせてある。行こう」

「は、はい」

ライオードが腕を曲げ、アンジェラが腕をかける。

履きなれないヒールのせいで歩きづらそうな彼女を支えるため、彼は歩調を緩め、歩幅も縮めてエスコートしてくれる。

たくましい彼の腕にすがるようにしてアンジェラは、くれぐれも裾を踏みつけて躓《つまず》いてしまわないように歩くので必死だった。

（ドレスって、思ったよりもずっと重いものなのね）

少し階段を上がっただけで息切れしてしまう。

日々、カフェの仕事で鍛えられ、体力には自信がある彼女だが、その彼女ですらドレスを身にまとい動くのは一苦労だった。

コルセットが胴をきつく締めあげているせいもあり、眩暈《めまい》すら覚える。

（おとぎ話に出てくるお姫様って華奢《きゃしゃ》そうに見えるけど結構頑丈だったのね）

なんてことを考えながら歩くことに集中するおかげで、ライオードのことを必要以上に意識せずに済むのはありがたかった。

やがて、ようやく階段を上りきったところでライオードがふと彼女に尋ねてきた。

「――そういえば、私としたことが、まだ君の名前を聞いていなかった。なんと呼べばいいかね？」

「……アンジェラです。アンとお呼びください」

息をきらしながらアンジェラが答えると、ライオードは遠い目をして言った。

「――Angela――天使《Ange》か……まさか、この私が、聖夜に天使に出会うとはな」

「……わ、私は天使なんかじゃありません。めっそうもなさすぎです」

「ああ、この世には天使も神もいない」

「…………」

ライオードの言葉にアンジェラはむっとしてしまう。

毎週、日曜の礼拝にはかかさず顔を出す敬虔《けいけん》な彼女は、その言葉を否定したかった。

だが、どうしてもできなかった。とてもそう言える雰囲気ではなかったからだ。

ライオードの目には色濃い絶望が滲んでいた。

それに触れてはならない。アンジェラの本能が警鐘《けいしょう》を鳴らす。

アンジェラは黙ったまま、喉元まで出かかった言葉を呑みくだし、代わりに彼の腕をぎゅっと力いっぱい抱きしめた。


オペラを観終わって——ホテル・ライオードの最上階のスイートルームにアンジェラとライオードの姿があった。

光をたっぷりとるように広く造られた窓の外には、まばゆい夜景が広がっている。

アンティークの調度もロビーや一般客室に置かれているものとは格が違う。

どれも繊細な装飾が施されていて、アンジェラは、最初触れるのすら躊躇《ためら》ってしまったほど。

スイートルームなんて一生に一度の経験に違いない。

一歩足を踏み入れたアンジェラは、好奇心の赴くまま、部屋の隅から隅まで観察してしまった。

まず特筆すべきはその広さだ。ウォークインクロークだけでも、アンジェラのアパルトマンの広さ以上はある。

アンジェラの一番のお気に入りはベッドルームだった。中世の王族の部屋を彷彿とさせるような天蓋《てんがい》つきの大きなベッドに見惚れてしまった。

そして、今、アンジェラとライオードは、広々としたダイニングで夜景を楽しみながらルームサービスをとっていた。ライオードはホテルのレストランで食事をとることもあるが、基本的にはルームサービスをとることのほうが多いのだという。

ただし、ルームサービスとはいえ、軽食ではなく豪華なフルコースで、黒の燕尾《えんび》服を着た青年が絶妙のタイミングでサーブしてくれる。

その接客のエレガントさに思わずアンジェラは食事の手を止めて見入ってしまうほど。ホテル・ライオードの接客は一流だった。

アンジェラはスパークリングウォーターを、ライオードはシャンパンの後、赤ワインをお伴に、コース料理をゆっくりと堪能しながら、先ほど観てきたばかりのオペラの話に興じていた。

互いに感想を述べ合うというよりも、初めて観たオペラに興奮しきったアンジェラが一方的に思いの丈をまくしたてているといったほうが正しいかもしれない。

オペラの演目は、はるか遠い東方にある国の女帝の話だった。

「あの女帝は冷血って言われてましたけど、それって違うと思うんです。求婚者たちに難題を課して、それを解けなかった人の首を斬ったのも、ただ怖かっただけだからだと思うんです。その女心が歌を通してひしひしと伝わってきて……なんだかとっても切なくて……ああ、もう最高に素敵でした……素敵すぎ……オペラっていいですねぇ……」

彼女の目は濡れたように輝いていて、頬は紅潮している。

ライオードは相槌を打ちながら、ワインをグラスの中で転がしながら、黙って彼女の話に耳を傾けていた。

アンジェラは食べるよりも語ることに夢中になっていて、ずっとそんな調子なものだから、コースは遅々として進まない。

だが、ライオードは文句一つ口にせず、アンジェラのペースに付き合っていた。

そんな彼に一番驚いていたのは、コースの給仕《サーブ》を取り仕切っていた彼の右腕的存在だった。彼は他の従業員たちとは違い、黒の燕尾服をかっちりと着こなしている。胸ポケットに輝く金の名札《ネームプレート》には「執事長」と書かれていた。

ライオードがこんなに酒を飲むのも、食事に長い時間をとるのも久しいことだった。

常に傍に控えている彼にとっては不可解きわまりない。

前菜、スープ、肉料理、魚料理の皿を終え——

三時間ほど経って、ようやくデザートのクレームブリュレの皿が出てきた。

そこで給仕をしていた男性をライオードは下がらせた。

その際に、ライオードのダイヤを品よくあしらった腕時計の針を見たアンジェラが我に返ってしゅんとうなだれてしまう。

「う、す、すみません。なんだか……私ばかりしゃべってしまって……」

「いや、そのほうがいい。私はしゃべるのは苦手なものでね」

ライオードは、にこりともせずに答えるが、別に不機嫌という訳ではないようだ。いつも彼はこんな調子なのだと、彼と数時間一緒にいてアンジェラも分かっていた。

いつの間にかワインのボトルが二本も空になっている。

「あの、ライオードおじさま、今日はありがとうございました。夢のような一日でした」

アンジェラは、そろそろお暇の準備をしなければと、今日を締めくくる一番の言葉を捜しながら頭を下げた。親しみをこめて様づけではなくおじさまと呼んでみた。

「でも、本当によろしかったんでしょうか？　私のショコラショーがまさかこんなに素晴らしいプレゼントに化けるなんて……いろんな夢を一度に叶えていただいて」

ワイングラスを手の平で回し、香りを確かめてからライオードは口をつける。

「凍え死にそうな人間を君は救ったのだから、当然の報賞だと思うがね？」

「私のショコラショーでよければ、いつでも飲みにいらしてください。ライオードおじさまになら永久に無料で作らせていただきます」

ライオードが片眉をあげると、仏頂面のまま言った。

「――呆れたな。君はそんなに私を凍死するような目に遭わせたいのか？」

「あっつあつのショコラショーで救いますから大丈夫です。おじさまは死にません！」

アンジェラは胸を張ると、ライオードにウインクをよこしてみせる。

完全にアンジェラのペースだった。

ライオードは肩を竦めると、ポケットの中から葉巻《はまき》入れを取り出した。

手慣れた所作で葉巻専用の丸鋏《まるばさみ》で端を切ると、火をつけて煙をくゆらせる。

香ばしくもかぐわしい深い香りが辺りにたちのぼっていった。

煙を目で追うライオードをアンジェラはじっと見つめる。

が、我に返った彼女は、いつまでもライオードを見ていたいという気持ちを胸の底に押し込んで、クレームブリュレの表面のカリカリをスプーンでつついて崩すことに専念する。

と、不意にライオードが尋ねてきた。

「しかし――君は変わっているな。私が怖くないのか？」

「怖い？　私、鈍いほうだっていつも言われてますし、そういうのよく分かりません」

怖いどころか、ずっと遠くから見て一方的に憧れていましたという言葉はさすがに呑み込んでおく。

「君が鈍い？　それはないだろう。君の接客は鈍い人間にできるものではない」

ライオードが葉巻の煙越しにアンジェラを鋭く見据えた。

まるで、彼女の本心を推し量るかのように。

アンジェラは心臓をぎゅっと鷲掴《わしづか》みにされたかのような錯覚を覚えるが、努めて気にしないようにして率直に答えた。

「そうでしょうか？　ただ私は、こうしたら喜んでもらえるかなって自分が感じることをしているだけで……母にずっとそうしなさい、そしたらまず間違いはないからって教えられてきましたし。それ以外は、あまり考えないようにしているだけなんです」

「私の噂は知っているだろう？　冷血漢だのなんだの——まあ、ひどい言われようだ。どれも事実だが。どんな噂にも一片の真実は含まれているものだ」

淡々と客観的に自分の悪評を語るライオードにアンジェラは驚く。

もしも自分が逆の立場だったらどうだろうと考えてみる。

きっとそういう意地悪な記事のことなんて話したくもないし、そういう話題に触れたくもないだろう。

（やっぱり私って子供っぽいのかな……）

ライオードとの年の差を意識して少しへこんでしまうが、彼女は気をとりなおしてきっぱりと答えた。

「私、そういった悪い噂は信じないことにしてるんです」

「ほう？」

「なるべくですが……自分が見たものだけを、聞いたものだけを、感じたものだけを信じるようにします。そのほうがシンプルでいいかなぁって」

「なるほどな。確かに人はなんでも複雑にしたがる愚かな生き物だ」

「おじさまのことは怖いとは感じませんでした。私、小さな頃からカフェのお手伝いをしているので、いろんな人を見てきましたけど。笑顔が素敵なのに鳥肌立つような雰囲気を持つ人とかもいました。でも、おじさまはそうじゃない。私は自分の直感を信じます」

「てっきり女性というものは、噂なしでは生きていけない生き物だとばかり思っていたが、君はどうやら違うようだな」

「あら、それって女らしくないって意味ですか？　おじさま」

「いやいや、そういう意味ではない」

アンジェラがわざと目を吊り上げてみせると、ライオードの顔にわずかに戸惑いの色が浮かぶ。彼に対するそんな小さな発見がアンジェラはうれしくてならない。

「ふふ、分かってます。うーん、どうなんでしょう？　他人からどう思われているとか、そういうの面倒なので、あまり考えないようにしてます」

「面倒か――アン、君はいくつだ？　実に面白い」

「十六です」

一瞬だけ、アンジェラは五つくらいサバを読もうと思ってしまったが、素直に答えた。

ライオードは、ふむと顎ひげに手を当てて考えに耽《ふけ》る。

「君と私とは、二回りも年が違うのだが、君は物怖じしないのだな」

「生意気……でしょうか？」

「いや、少なくとも私は美点だと思うよ。媚《こ》びへつらう輩《やから》が多すぎるものでね。どんな相手とも対等に話せるというのは長所だ」

「ありがとうございます」

アンジェラはほっと胸を撫で下ろしてクレームブリュレを頬張る。口の中いっぱいにバニラの風味が広がり、彼女は目を細めてため息を洩らした。


不思議な少女だ。

ライオードはつくづくそう思わずにはいられない。

どういう訳か彼女に強く惹き付けられる。

彼女と話していると、とうの昔に捨てたはずの感情が呼び起こされてくるようだった。

まさかこんな少女に出会うとは。しかも聖クリスの祝日に――

オフホワイトの可憐なドレスを身にまとい、とびっきりの笑顔を見せるアンジェラは、まさしく天使《アンジュ》さながらだった。

(神など信じてはいないが、もしもいるのだとしたらなんのつもりだ。まったく戯《たわむ》れにもほどがある)

内心、そう毒づかずにはいられない。

無邪気にデザートを食べる様子はどこからどう見ても、確かに十六歳の少女なのに。

しかし、彼女の言葉はとても大人びている。

小さい頃からカフェで働いていたのだというから、いろんな大人たちと接する機会が彼女をそう育てたのかもしれない。

もちろん、それは楽な体験ではないだろう。むしろ、大変なことのほうが多いに違いない。ライオードも子供の頃からホテルの接客の現場につかされていた。

無理難題を言ってくる客などに悩まされたものだ。子供だからと舐めた態度をとられることも日常茶飯事だった。

ライオードは、グラスの中で揺れる赤ワインを見つめながら、自らの過去をゆるゆると振り返っていた。

つらい子供時代からやがて青年になってから大人になり、まだ笑えていた頃のこと。

(ばかばかしい。失ったものにいまだしがみつくなど――)

ライオードは、手の平にあまる大きなグラスになみなみと注いだワインを一息に呷《あお》った。

いつもより酒が進み、いつの間にか彼は酩酊していた。

「おじさま、大丈夫ですか?」

デザートを食べ終わったアンジェラが彼を気遣う。

そんな彼女の気遣いすら、普段心の奥底に封印していたライオードの記憶を生々しく呼び起こしていく。その傷は彼が思う以上に鋭く痛む。

ライオードは顔をしかめた。

もうこれ以上は――たくさんだった。

「悪いが、これ以上私に構わないでくれ」

ライオードは、怒気を滲ませた声でアンジェラに告げた。

「……大丈夫ですか？　おじさま、お水をお持ちしましょうか？」

青ざめたアンジェラが席を立つと、ライオードの肩にそっと手を載せた。

その手を彼は邪険《じゃけん》に払いのける。

(どうしたのかしら。私何かおじさまの逆鱗に触れるようなことをしたのかしら)

ライオードのいきなりの変貌にアンジェラは焦る。明らかに彼の様子はおかしかった。

が、それも一瞬のことでライオードは頭を左右に振ると、すぐに平静さを取り戻してアンジェラに言った。

「少し呑みすぎたようだな。驚かせてしまって悪かった」

「いえ……でも、本当に大丈夫ですか？」

アンジェラのエメラルドの瞳がライオードの目の奥を覗き込んでくる。

見たくないものでも見たかのように、即座にライオードは彼女から目を逸らすと彼女に言い含めるように言った。

「子供が大人の心配をする必要はない。さあ、もう夜も遅い。家まで信頼の置ける者に送らせるから帰りなさい」

アンジェラには、彼が深い悲しみと苛立ちを必死に抑え込もうとしているように感じられる。帰れと言われているのに、帰るなと言われているかのようだ。

「でも……」

「――アン、いい子だから今夜は帰るんだ」

ライオードが席から立ちあがったその瞬間、ぐらりとその身体が揺れる。

「危ないっ」

アンジェラが咄嗟に彼の身体を支える。

が、がっしりとした体躯《たいく》をさすがに女の細腕では支えきることができずに、ライオードもろとも床に倒れ込んでしまう。

「おじさま……」

ワインの渋い香りとライオードのつけているムスクの香水とがアンジェラを包み込み、彼女は眩暈を覚える。

心臓がどくどくと高鳴り始める。ライオードにもその鼓動《こどう》が伝わってしまうのではとアンジェラは焦ってしまう。

彼の重みを感じながら、アンジェラは身体を動かそうとする。

が、身動きがとれない。

はっと気づけば、ライオードがアンジェラを熱のこもった瞳で見つめていた。

その目が濡れているように見え、彼女は激しく動揺する。

「あの……本当に大丈夫ですか？」

「……何がだ」

「いえ……なんだか放っておけない感じなので……」

「……生意気を言うな」

ライオードは低く唸るように言った。彼の熱い息が首筋にかかり、アンジェラの身体の芯《しん》が火照ってしまう。妖しい予感に胸がざわつく。

「お医者様を呼びましょうか？」

「余計なことをするな。誰にも弱みを見せる訳にはいかない。まだ死ねない。犯人を捜し出すまでは……」

怒りを露わにしたライオードが、ゆっくりと身体を起こした。

そして、ふらついた足取りで天蓋つきのベッドへと向かい、そのまま倒れ込んだ。

しばらく、アンジェラは金縛りにかかったかのように呆然と絨毯の上に仰向けに倒れたまま胸を上下させていたが、我に返るや否や身体を起こして洗面所へと駆けこみ、タオルを水で濡らして絞ると、ベッドに横たわった彼の元へと急ぐ。

ライオードは無造作にネクタイを緩め、シャツのボタンを引きちぎるように外すと、苦しげに胸を上下させる。

皺一つないシャツの下からは、スーツの上からは想像もつかないたくましい胸板が覗いていた。

（誰にも弱みを見せられない？　まだ死ねない？　弱みを見せたら殺されるということ？　犯人っていうのは一体……）

　アンジェラは、ライオードの額に滲む汗をタオルで拭ってやり、心配そうに彼の様子を見守る。

　こんな状態の彼をここに一人置いていく訳にはいかない。

　しばらくして、ライオードが薄く目を開けてアンジェラを睨みつけてきた。

「……私は帰れと言ったはずだが」

「いえ、帰りません。ライオードおじさまを放っておけません」

「――ふん、そういう仕事もしているとでも？　だが、私はそんなことのために君を誘った訳ではない。愚弄《ぐろう》するな」

　ライオードの荒々しい侮蔑《ぶべつ》の言葉がアンジェラの胸を抉る。

　そういう仕事――下卑《げび》た響きを持つ言葉にアンジェラの頭に血が上る。

「……そんなっ！　違います！　私、そんなつもりじゃ……」

　だが、彼女は唇を噛みしめて、いったん口をつぐんだ。カフェで困った客の対応をする際にいつもしているように。

（おじさまはなぜわざと私を怒らせようとするの？　帰らせるため？）

　一呼吸置くと怒りが鎮《しず》まってくる。

（私はどうするべき？　帰るべき？　それとも……）

アンジェラは黙ったまま自問自答を繰り返す。

ためらいと迷いが彼女の胸を苛《さいな》む。

しかし、しばらくして、アンジェラは決意を固めるときっぱりと言った。

「……でも、そう言ったほうが都合がよいのならば、そう思ってもらっても構いません」

「何を馬鹿なことを」

「……馬鹿なことでしょうか？」

アンジェラが黙ったまま、じっとライオードを見つめる。

「――お傍にいます。私、ずっとおじさまに憧れていました。おじさまみたいな人が顔も知らない私の父だったらいいのにって何度も想像してました。だから私は――」

必死にアンジェラが想いの丈を口にしている最中、ライオードは忌々《いまいま》しそうに顔をしかめると、突如彼女の手を力いっぱい引き寄せた。

アンジェラの両手首を摑んで、のしかかってくる。

「っ!?」

「父親がこういうことを娘にすると思うかね？」

「あ……い、やぁ」

本能的な恐怖を感じ、アンジェラは上半身を捩《よじ》る。

が、動きを封じられ、抗《あらが》うことができない。

ライオードの舌に細い首筋を舐めあげられ、彼女はびくっと身体をしならせた。

「大人をからかうのもいい加減にしたまえ。今ならまだ間に合う。帰りなさい」

耳元に熱い息を吹きかけながら、ライオードがやさしい口調で脅してくる。

柔らかな耳朵《みみたぶ》を甘噛みされ、アンジェラは首を竦めるが、ライオードからは逃れられない。彼の舌先で耳朵の隅々までなぞられ、頭の中でねちっこい水音がいやらしく反響し、アンジェラは何も考えていられなくなる。

だが、アンジェラは、身体は小刻みに震えてはいても、気丈にまなじりを吊り上げて頑として首を縦に振らない。

「いや……です」

「聞き分けのない悪い子だ」

「ん……はぁ……ライオードおじ……さまぁ……何を……」

怯えたような目でアンジェラはライオードを見上げる。

そんな素振りが牡の本能を触発するとは知らずに――

「何を？　男と女が夜ベッドの上ですることと言ったら一つだろう？　知らないのかね？」

ライオードがドレスの上からアンジェラの胸の形を確かめるかのようにやさしく撫で回してくる。硬く隆起した頂をドレス越しにつままれた途端、彼女の脳裏を甘い電流が走り抜けた。

「あぁっ、そんなの……よく……し、知り……ません」

「知らない割に反応がいいな。誰に教わった？」

華奢な鎖骨にキスの雨を降らしながら、ライオードは彼女の敏感な胸を弄《もてあそ》び続ける。頂を指の腹で左右に倒したかと思いきや、急に強くつまみ、かと思えば、柔らかな丘に沈めたりとアンジェラを翻弄《ほんろう》する。

言葉と指で責められながら、アンジェラは細い肩を震わせ、悩ましい声を紡ぎ出す。

「誰にも教わってなんか……あぁっ、んぅ……。んんっ。やぁ、こんなはしたない声……聞かれたく……ない……のに。あぁあ……」

アンジェラは唇をわななかせながら、小さくかぶりを振った。

恥ずかしい声が喉から絞り出されるたび顔が熱くなる。

「ただ、おじさまに触れられただけで……なぜか身体が反応してしまうだけで……。ん、こんなこと初めてで……訳が分からなく……て。ん、っふぁあ……」

首筋を舐められ、無骨な指先で胸の先端をつままれ、ダイヤルをねじるかのように苛められて、アンジェラはまともにしゃべることすらできない。

はしたない喘《あえ》ぎ声が彼女の意思とは裏腹に洩れ出てきて、それを抑えようとしても、手で口を覆えないもどかしさが羞恥《しゅうち》を煽《あお》る。

「まったく……はしたない子だ」

ライオードにそんな風に言われるだけで、アンジェラはいたたまれない気持ちになる。

が、それと同時に妖しい昂《たか》ぶりが下腹部からこみ上げてくる。

「このままだと、もっとはしたない姿をさらすことになるが？　いいのかね？」

エメラルドのイヤリングをライオードは唇ではさんで外してやった。まずは右、次に左。このイヤリングのように、ドレスもコルセットも下着も脱がされてしまうのだろうか？

あまりにも危険すぎる予感にアンジェラは身震いする。

「それでも、私は……おじさまにならば……」

「君を私のものにしてもいいとでも言うつもりか」

「……おじさまが望むのならば」

アンジェラが喘ぎながら無我夢中でそう口にするや否や、いきなり首筋にくすぐったく柔らかな感触が強く押し当てられ、彼女は声を詰まらせると、細い身体をひくつかせた。

くすぐったいと思ったのは彼の髭で、押し当てられたのは唇だった。

細い首筋に花びらを思わせる赤紫色の欲望の印がついてしまう。

「――今、君に私のものという印をつけた。君はもう逃げられない」

ライオードが酷薄《こくはく》な笑みを浮かべると、アンジェラの首筋についた印を確かめるように指先でなぞり、彼女を鋭く見据えて宣告した。

（私はライオードおじさまのもの？　もう逃げられない……）

反芻《はんすう》した刹那《せつな》、アンジェラに戦慄《せんりつ》が駆け抜ける。胸の中を嵐のような激情が渦巻き、彼女は切なげな吐息を洩らした。

両手で掴んでいた少女の手首を重ねて頭の上でクロスさせて片手で固定すると、ライオードは空いたほうの手でドレス越しに膨らみを鷲掴みにした。

「ひ、あっ!?　っつ……うぅ」

声にならない声をあげ、アンジェラは上半身を捩る。

さっきまでのやさしい愛撫とは違う荒々しい責めに心臓がどくんと跳ねた。痛さと紙一重の危うい悦楽《えつらく》が彼女に襲いかかる。

ライオードは小ぶりな胸を力任せに揉《も》みしだき始める。まだ硬さを残した乳房が、彼の指の動きに合わせて始終形を変え続ける。

いやらしく形を変える自身の乳房を見ながら、アンジェラは身悶えた。

が、抵抗しようと縛められた手首にありったけの力を込めても、ライオードの手はびくともしない。大人の男の力に十六の娘の力がかなうはずもなかった。

アンジェラは、たった片方の手で両方の手首を縛められた状態で、ライオードのされるがままだった。荒々しい愛撫によって、たちまち白い乳房がピンク色に色づいてしまう。

「あ、あ……ライオードおじ……さま」

アンジェラが喘ぎながらライオードの名をうわごとのように呟くと、彼はアンジェラのドレスの胸元を力いっぱい引き下げた。

ドレスとコルセットのカップからまろやかな乳房が震えながら姿を現す。

「あ……や……見ないで」

アンジェラは眉をハの字にすると、細い声で呟いた。

胸を庇いたくても、手首を掴まれて固定されているため、それもかなわない。

小ぶりだが形のよい胸がライオードの目の前にさらされていた。淡い桃色の突起はつんと隆起して苛めてほしいと言わんばかりに存在を主張している。

誰にも見られたことがないのに。しかもこんないやらしい状態を見られてしまうなんて──恥ずかしさのあまり、アンジェラは涙ぐんでしまう。

本能の赴《おもむ》くままアンジェラを貪っていたライオードは、彼女のあまりにも初々しい反応を目にし、さすがにその手を止め、深いため息をついた。

「どうやら男を知らないというのは本当のようだな。だが、ならばなぜまだここにいる。何が目的だ？」

「……ただ放っておけない……だけ……です」

息を乱しながらも、アンジェラはライオードの瞳をまっすぐに見つめて答える。

彼の青灰色の目は、獣のような獰猛《どうもう》な炎をちらつかせているにもかかわらず、その奥には悲しい色が見てとれ、アンジェラを惹き付けてやまない。

「放っておけないだと？　君のような子供に心配される必要はない。生意気な口を利くな」

「でも、わ、私だって……借りをつくるのは好きじゃないんです」

ライオードの言葉を引きあいに出し、彼女はなおも引きさがろうとしない。

「貸し借りはなしだ」

「いいえ、私のほうが借りが大きくなってしまいました。だから──」

それ以上言葉が続かない。アンジェラもなんと言ったらいいか分からなかった。

自分の感情を表現したいと思うのに、言葉が追いついていかない。口にすればするほど本心とは程遠い言い訳のような言葉が口から飛び出してしまいそうだった。

アンジェラは苦笑すると、ライオードに切々と語りかけた。

「……よく分かりません。ただ、おじさま、本当は一人になりたくないのでしょう？」

「…………」

思いもよらなかった彼女の言葉に虚を突かれ、ライオードは閉口する。

次の瞬間、怒りに燃えた光が彼の双眸にて剣呑な光を放つ。

「──君はよっぽど私を怒らせたいらしい」

彼は、吼えるように言うと、ついにアンジェラの頂をついばんだ。

「ん、あぁあっ！」

アンジェラはむずがゆいような甘い感覚に身体を仰け反らせる。結果、胸を突き出して、彼にもっととねだるような体勢になるとは気づいていない。

彼女の可愛らしい反応に触発されたライオードが、頂を吸い立て、舌で転がしてやったかと思うと、いきなり歯を立ててくる。

「ひ、あ……や、あぁ。何、これ……あぁ、変になり……そうに。あぁっ！」

敏感な頂を舐めかじられ、なまめかしい快感がアンジェラの背筋を這い上がっていく。

きつく閉じたまぶたの裏が赤くちらつくたびに、奥のほうから愛蜜《あいみつ》が滲み出てくる。

（いや……なんだかおもらしみたいに何かが出てきて……どうしよう）

アンジェラは内腿同士をきつく閉じ合わせて、なるべく愛蜜が溢れ出てくるのを阻もうとする。ライオードにはこの秘密がどうかばれませんようにと祈るほかない。

そうしている間にもライオードは激しく彼女を責めたててくる。

彼女の反応を逐一確かめながら、舌先を小刻みに振動させて淡い快楽にいざなって油断させたかと思うと、急に歯を立てたままいたいけな乳房を引っ張って伸ばした。

まるでアンジェラのすべてを知り尽くしているかのような熟練の責めに、アンジェラは何度も何度もやすやすと達してしまう。

すでに下着は恥ずかしい蜜で濡れて、秘所やヒップへと張り付いていた。

「あ……ぅん……ん……」

やがて、何度も達したせいで朦朧《もうろう》としたアンジェラがぐったりと全身の力を抜き、時折ぴくりとしか反応を示さなくなってから、ようやくライオードが彼女の胸から顔をあげた。

唾液で濡れた二つの丘がランプの色を反射して鈍く滑光《ぬめひか》っている。

彼女の手を頭の上で拘束したまま、彼は胸を苛めていたほうの手で彼女の顎を掴むと呆けきった顔を覗き込んだ。

アンジェラはたまらず顔を背けようとするが、彼はそれを許さない。

彼女の顎を掴んだ手に力を込めて、無理やり自分のほうに顔を向けさせる。

「さあ、君の可愛らしい顔を見せたまえ」

「――やぁ……可愛くなんて……ないです。恥ずかし……い」

「恥ずかしがることなどない。いやらしく乱れた可愛い顔だ」

「い、や。そんな意地悪……言わないでくだ……さい」

アンジェラが目を伏せ、長い睫を震わせる。美しく結いあげていた長い髪は、すでに解けてシーツに散らばっており、彼女の乱れようを示していた。

「まだ胸しか可愛がっていないのにこんなに感じてしまって。いけない子だ」

「だ、だって……そ、それは……おじさまが……苛める……から」

「私のものになるという証を許したのはアンだろう？」

からかいを帯びた調子で言うと、ライオードは彼女の首筋に刻み込まれた欲望の印に唇を一度重ねてから、アンジェラの乳首を再び甘噛みし始めた。

すぐにアンジェラの昂ぶった身体に火がついてしまう。

「んん……っやぁ、か、噛まな……いで」

「もっと噛んでほしいとしか聞こえないがね？」

「っん！　や、あぁああっ！　ん、んんんっ！」

まるで力が入らないにもかかわらず、アンジェラは上半身を左右に捩り、いじらしい抵抗をみせる。

（あぁっ、どうなってしまうの。もう限界だと思うのに……まだまだ……気持ちよくなってしまう……際限ないみたい。怖い……）

彼女の身体は、ライオードの手によって情け容赦なく開発されていく。

エクスタシーの高波が彼女の意識を押し流すピッチは、速まっていく一方だった。

やがて、アンジェラが一際高い声をあげて達してしまう。

その鋭い反応を満足そうに見下ろして、ライオードはようやく彼女の手首から手を離した。手首には赤紫色の跡がついている。

彼は革のベルトに手をかけながら、彼女の耳元で囁いた。

「もう——やめてほしいと言っても無駄だ。諦めるのだな」

意識が朦朧としたアンジェラは、胸を上下させながら、ライオードの最後通達をどこか遠くで聞いたような気がする。

ライオードは、ドレスの裾をたくしあげると、手を中へと差し入れた。

「素直に帰っておけばよかったものを。後悔してももう遅い」

すんなりとした太腿を撫で回してから、そっと足の付け根へと指を這わせていく。

すると、アンジェラは意識がおぼつかないながらも反射的に足に力を込め、ライオードの手を阻もうとした。

「駄目……です。そ、そこだけ……は……」

はしたない秘密が彼に暴かれてしまう。それだけは避けねば——

ひとかけら残された理性が最後の力を振り絞って阻もうとする。

だが、アンジェラは全力のつもりなのに思うように力が入らない。

ライオードの手は彼女のしっとりと濡れた内腿に触れていた。

「男を知らぬというのに、こんなにも濡れていようとはな」

「や、あ……これは、違……」

「何が違うというのだね。私に触れられて感じていたのだというれっきとした証に他ならないだろう？　後ろのほうまで濡らして。いけない子だ」

ショーツ越しにライオードは彼女の小ぶりなヒップを撫で回す。

ざわりと肌が粟立ち、アンジェラは熱い吐息を吐き出すと同時に目を細める。

やがて、彼の指がショーツの隙間から秘めやかな場所へと侵入してきた。

「あっ……そこ……までっ!?」

刹那、アンジェラは驚きに目を見開き、白い喉元を仰け反らせる。

「ああ、ここまで私のものにするのだよ」

ライオードは、指先を濡れた花弁の浅いところでゆるゆると遊ばせてやる。

同時に洩れ出てくる粘着質な水音が、いやらしくて恥ずかしくて。アンジェラはたまらず顔を覆ってしまう。

そんなアンジェラを嬲《なぶ》るのを楽しむかのように、ライオードは二本の指で秘所を掻き回してわざと水音を大きくする。

「アン、聞こえるだろう？　ほら、いやらしい音だ」

「いやぁ……あ、あ、おじさまの……意地悪。わざとそんな……ひど、い……」

「ああ、わざとだよ。君のもっと恥ずかしい姿を見たいものでね」

「も、っと……？」

「ああ、もっとだ」

そう言うと、ライオードは彼女の膣内《なか》に指を沈めたまま、もう片方の手で彼女の手を握り、自らの屹立《きつりつ》へと導いた。

「っ!?」

熱い塊《かたまり》に手が触れ、アンジェラは緊張に身体を強張らせる。

一瞬、自分が何を触らされているか分からなかった。

だが、それがライオードの化身と知るや否や、胸が妖しくざわつく。

それと同時に、膣《ちつ》がひくんと蠢《うごめ》き、物欲しげにライオードの指を締めあげた。

自らの淫猥《いんわい》な反応にアンジェラはいたたまれなくなる。

何も言わないが、彼が気づいていないはずがない。その証拠にライオードは指を鉤状《かぎじょう》に
すると、彼女の姫洞を浅く抉《えぐ》り始めた。淫《みだ》らなおねだりに応えようとでもいうかのように。

ただし、決して奥深くを責めてはこないため、アンジェラは焦らされてしまう。

「こんなによだれを垂らして。これが欲しいのだろう？」

彼が指を掻きだすたびに、新たな蜜が溢れ出てくる。

甘酸っぱい香りが部屋に満ちていた。愛液が真新しいシーツを濡らして沁《し》みをつくる。

ライオードは彼女の手に自分の左手を添えて上下に動かしてやる。

手の中で半身がびくんと跳ね、アンジェラは驚きを隠せない。

「あ、あ、あ……わ、分かりません……」

アンジェラは戸惑いながらも、初めて触れる肉竿《にくざお》から手を離すことができない。

「分からない、か。素直なところが君の美徳と思ったが、素直でないな」

「だ、って……そんなはしたないこと……言えま……せん」

誰にも触れられたことがない場所を指責めされ、触ったことないものに触らされ──彼女は半ばパニック状態にあった。

そんな彼女を見て、ライオードが折れた。

「……仕方ない。今回だけは許してあげよう。私もこれ以上は我慢できそうもない」

「ありがとう……ございます」

「礼を言うのはまだ早い。これからが──大変なのだからな」

ライオードが意味深な笑みを浮かべ、額から汗を滴らせながらアンジェラの膝を摑み、足を割り開いた。

「え？　っあ、あ、あぁあああぁっ！」

さっき触れていた熱い塊が花弁にぬぅっと侵入してこようとする。

よく指でほぐされているとはいえ、小さな入り口がきしんだ。

「か……はっ。は、入ら……ない。あ、あぁっ……」

アンジェラは背をアーチ状に仰け反らせ、ヴァギナにめり込もうとしてくる肉杭から逃れようと腰を引く。

だが、ライオードが腰を摑んで逃さない。

灼熱《しゃくねつ》の杭がじりじりと姫穴へと穿たれていった。

張り詰めきった肉棒がワレメをめいっぱい押し拡げ、あまりの拡張感にアンジェラはうまく息ができない。

アンジェラの額を撫でてやりながら、ライオードはついにすべてを彼女の中に収めきり、深いため息をついた。

「──いい子だ。よく耐えたな」

「あぁ、ライオード……おじさまぁ……」

深々と貫き、彼女を苛ませているのはライオードに他ならないのに、彼に褒められたアンジェラは顔をくしゃっと歪めた。

たくましい背中に手を回し、必死の形相《ぎょうそう》で彼へと抱きつくと逼迫《ひっぱく》した感覚が紛れ、不安がまぎれる。

ライオードは彼女の頭を撫でてやりながら、ゆっくりと身体を動かし始めた。

少しでも破瓜《はか》の痛みが和らぐようにと、ワレメの付け根にある肉芽を指で刺激してやりながら少女の身体を征服していった。

雄々しい肉槍《にくやり》がくぐもった音を立てて、子宮口を突き上げたかと思うと、出っ張りが敏感な壁を抉ってゆく。

「ひっ！　あぁっ、ん……あぁ……。熱、い……のが……ぁあっ。掻き回して……る」

ひきつれた声を絞りながら、アンジェラはシーツを力いっぱい握りしめてよがる。

敏感なクリトリスをいじられながらのピストンに翻弄される。

「んぁっ。は……あぁっ。おじさまぁっ。あ、こんな姿……見ないでください」

目尻に涙を浮かべ、アンジェラは懇願《こんがん》する。

その涙をキスで拭ってやりながら、ライオードはだんだんと腰の動きを速めていく。

「もっと見せてもらおう」

「っあ！　んはっ。や……んっ。あああっ！」

ライオードが体重を乗せて、最奥をがむしゃらに突き始めた。アンジェラは目を大きく見開いて唇をわななかせる。

キングサイズのベッドがきしみ、アンジェラの小柄な身体がベッドの上で波打つ。

全身が感度の塊になったかのようだった。激しい抽送に乱れ狂うアンジェラは、狂おしげに自身の胸を鷲掴みにして嬌声《きょうせい》をあげる。

不意にサイドボードに置かれたランプのオイルが切れ、辺りは闇《やみ》に包まれた。

闇の中、ライオードはアンジェラの手をきつく握りしめて、腰を打ち付ける。

甲高い悲鳴をあげながら、アンジェラは彼の手を握りしめ返す。

彼に強く握りしめられた手をアンジェラはかすんだ目で見る。彼の左手の薬指には銀色の指輪が輝いていた。

胸が痛み、彼女は顔をしかめる。

が、その間にもライオードの責めは激しさを増す一方だった。

強い衝撃が子宮を痺《しび》れさせるたび、彼女の身体は加速度的に発熱してゆく。

「あ、あぁっ！　もぅっ。許してっ！　許してくださいっ。おじさまぁっ！」

やがて、汗ばんだ身体が一度離れ、再び強く重なり合った瞬間、アンジェラが彼の腕を振り解いた。かっと目を見開いて、彼の背中に爪を立ててしがみつく。

ライオードが呻くと、彼女の身体を力いっぱい抱きしめる。

アンジェラの奥でライオードの半身が爆ぜた。

姫穴が肉幹を絞りあげ、外へと追い出してしまう。

屹立が二度三度としなり、熱い欲望の白濁《はくだく》が、アンジェラの下腹部へと飛び散った。

二人は強く抱きしめ合ったまま、ものも言えない状態で互いに見つめ合う。

苦悩に満ちた彼のまなざしがアンジェラに向けられていた。

彼女はライオードの両頬をそっと手で包み込むと、彼の目の奥を覗き込んだ。

「……ライオードおじさま」

アンジェラは涙ぐみながらも懸命に微笑み、ライオードの頭を掻き抱く。

満ち足りた想いと切ない想いとが混ざり合い、彼女はそっと目を閉じた。

やがて、深いまどろみがアンジェラへと訪れる。

できるだけライオードの顔を見ていたいのに――

アンジェラは重いまぶたを必死に開こうとするが、ついに力なくうなだれてしまう。

彼女の安らかな寝息にライオードの深いため息が重なった。

アンジェラに腕枕をし、その寝顔を眺めながら、ライオードは葉巻をくゆらせていた。首筋にくっきりと残っている唇の跡を腕枕をしているほうの手でなぞると、彼女はくすぐったそうに首を竦めて幸せそうな笑顔を浮かべる。

彼女のそんな仕草の一つひとつがいとおしくてならない。

そんな気持ち、とうの昔に枯れ果てたとばかり思っていたのに。

カフェで出会い、オペラに誘い——そして、今、寝床を共にしているとは。

どれをとってみても普段の彼では、けしてありえないことばかりだった。

偶然という一言で済ますにはあまりにも無理がありすぎる。

現実主義者《リアリスト》なライオードではあったが、時折、こういう奇妙な偶然が重なることがある。

それはその選択が間違いではないという後押しのようなものだと彼は考えており、必然なのだと考えることにしていた。

どんな物事にも流れというものがある。その流れに逆らってうまくいった試しがない。

流れに乗れば何事もスムーズにいくのが彼の経験則だった。

「聖クリスの祝日に舞い降りた天使《アンジュ》か……」

こんなにも何かを欲したことも久しい。

だが、よりにもよってその相手が年端もいかない少女とは。

ライオードは渋面を浮かべて、闇をたゆたう煙を目で追い、何やら思案を巡らせているようだった。

やがて、彼は葉巻を一本吸い終え、とても今夜は眠れそうにもなかったが目を閉じた。

アンジェラの心臓の鼓動が彼の胸へと伝わってくる。

彼は彼女の頭を優しく撫でた。

誰にも言えない秘密の一夜がゆっくりと過ぎていった。


聖クリスの祝日の夜が明けて――

臙脂色の豪奢な天蓋つきのキングサイズのベッドに、アンジェラは生まれたままの姿で横たわっていた。

ホテル・ライオードの最上階、二メートル以上はある大きな窓枠が雲一つない清々しい冬の空を切り取っている。

重厚なカーテンは開け放たれており、日の光が燦々《さんさん》と差し込んでいた。

「う……」

陽光がまぶたにちらつき、アンジェラは小さく呻くと目を覚ました。

頭の中に靄《かすみ》がかかっていて、一瞬、アンジェラは自分がどこにいるのかすらも分からない様子だった。

「……私はいったい……」

だが、だんだんと意識がはっきりしてきて、昨晩の出来事を思い出す。

かぁっと頬が熱くなり、アンジェラはシーツを頭から被り、身体を丸める。

(うそ……本当に？　夢ではなく？)

心の中で自分に問いかける。にわかには信じがたい出来事が自分の身に起こったのだ。

やや筋肉痛を残したけだるい身体が、あれは夢でなかったのだと、現実だったのだと教えてくれる。

仮に昨日のことがすべて夢だとしても、それでは、彼女が今、ホテルのスイートのベッドにいる説明がつかない。

重く感じる身体を起こしてみると、すでにライオードの姿はなかった。

胸の奥になんともいえないわびしさが訪れ、アンジェラは俯いてしまう。

と、不意に彼女はベッドのサイドテーブルに置かれてある箱と封筒とに気がついた。

十センチ四方の黒い箱にはサテンの赤いリボンがかけられている。

アンジェラは封筒に手を伸ばすと、中からカードを取り出した。

カードには万年筆の流麗《りゅうれい》な文字でメッセージがしたためられていた。

ブルーブラックのインクが白いカードに映えている。

アンジェラへ

隣国で会議があるので先に失礼する。

後のことは信頼できる者に任せておくから心配しないように。

よい祝日を――

聖クリスからのプレゼントを預かっておいたので置いておく。

ライオード

「聖クリスからのプレゼントって……子供しかもらえないものなのに。それに子供だって聖クリスのプレゼントは親がこっそりと用意しておいて枕もとに置いていくものだって知ってるのに」

アンジェラは、思わず吹き出してしまう。

あのいかめしい顔をしたライオードが、このカードを書いていたところを想像するだけでおかしくて仕方ない。

カードからはほんのわずかにライオードのつけている香水《ムスク》の香りがする。

丁重にカードを封筒に戻すと、アンジェラは胸を躍らせながら小箱にかけられているリボンを紐解いた。

そこには鍵の形をしたゴールドのティースプーンが入っていた。

「すごく可愛い」

プレゼントにティースプーンというのはあまり聞かない。

(昨日の記念になるようにって考えてくださったプレゼントなのかしら)

胸の奥がほっこりと温まってくる。

得体のしれない不安めいた気持ちがゆっくりと溶け消えていく。

と、そのときだった。

神経質なドアノックの音が響いた。

アンジェラが返事に窮《きゆう》してどうしたものかと落ち着きなく辺りを見回していると、ドアが開いて、燕尾服を着たオールバックの青年が部屋の中へと入ってきた。

彼は、昨晩のディナーの給仕役を務めた青年だった。

昨日は部屋が薄暗かったせいもあり、またアンジェラ自身が完全に舞いあがっていたせいもあり、彼のことはさほど印象に残っていなかったが、朝日の中で改めて見ると、かなりの美丈夫だった。

背はライオードより少し低いくらいだろうか。一七五センチほどと見てとれる。

短い黒髪をオールバックにして細縁のメガネをかけている。年齢は二十代後半といったところだろうか。鼻筋がすっと通っていて涼やかな印象を受ける。

彼の切れ長の目がメガネ越しに彼女を鋭く睨みつけた。

「ライオード様から指示を承っています。私はライオード邸の執事、アレクセイ・グレインと申します」

胸に手を当て丁重に一礼するが、どこか慇懃無礼《いんぎんぶれい》な雰囲気を醸《かも》し出している。

アンジェラには、ライオードよりも彼のほうがよっぽど冷ややかに思える。

刃のような敵意が彼女へと向けられていた。

隠そうと思えば隠せるのに、それすらしようとはしない。アンジェラは彼を警戒《けいかい》する。

が、あくまでもそれを表面には出さないように細心の注意を配る。

「すぐにブランチの用意をさせます。卵料理はいかがいたしましょう？　スクランブルエッグでよろしいでしょうか？　何か苦手なものはありますか？」

「いえ……大丈夫です。すべてお任せします」

「かしこまりました。お着替えもクロークに用意してございますので、食事の用意が済む前にどうぞお召しくださいませ――」

「はい……」

非難めいた彼の物言いに、さすがのアンジェラも自分があられもない格好でいることを恥じる。シーツを身体に巻きつけてはいるものの、剝きだしの肩といい――きっと彼はアンジェラがシーツの他は何も身につけていないと勘づいているのだろう。

特に彼の目は彼女の首筋へと注がれていた。

昨晩の名残がそこにあった。

ライオードのものだという秘めやかな証。

心臓がどくんと高鳴る。

アンジェラは慌ててキスマークを隠して俯いた。

「あとこれは私からほんの心づけのつもりです」

アレクセイが、胸元から封筒を取り出すとアンジェラへと差し出してきた。

「え？　心づけって……」

彼に促されて中を確かめると、そこにはアンジェラが見たこともないほどの大金が入っていた。

「そんな！　こんなもの受け取れません」

慌てて彼女はその封筒をアレクセイへと突き返す。

彼女の反応にアレクセイはあからさまに怪訝そうな顔をした。

「それが目的だったのではないのですか？」

「違います！」

アンジェラは即座に声を荒げて反論した。

だが、アレクセイの疑いのまなざしは変わらず、彼女は拳を握りしめる。

誤解を解きたいが、こんな状態で何をどう言おうとも自分に反感しか持っていない相手に理解してもらうことはとても難しい。カフェの仕事でも何度も経験したものだ。

そう分かってはいても悔しくてならない。ライオードに憧れるまっすぐな気持ちが汚されたような気がする。

そんなつもりでライオードの誘いを受けたわけでも、誘われたわけでもないのだと声を大にして言いたいのに憤りのあまり言葉にできない。アンジェラは唇を噛みしめた。

「――どんな手を使ってライオード様に近づいたかは知りませんが、今後は一切かかわらないと約束していただきたい」

彼は、アンジェラが突き返してきた封筒を受け取らず、メガネの中央を中指ですっと押し上げると、侮蔑するような目つきで彼女を見下ろした。透きとおった酷薄な声はとげとげしい。

「それが貴女のためでもあり、あの方のためでもあるのです」

「…………」

確かに彼の言うことは正しい。昨晩のこと――どれだけやましい理由はなかったと言い張ったところで、そんなこと世間には関係ない。

親子ほども年が離れた二人。しかも、ライオードはホテル・ライオードのオーナーで抜群の知名度を誇る。

きっと面白おかしく騒がれるだろう。格好のゴシップのネタだ。

分かっているからこそ、アンジェラは彼の言葉に何も言い返せない。

今さらのようにとんでもないことをしでかしてしまったのでは、ライオードに迷惑がかかるのではと青くなる。

彼女の沈黙を肯定と受け取ったアレクセイは、満足そうに頷いてアンジェラに再び封筒を押し付けてきた。

「分かっていただけて光栄です。では、こちらを受け取っていただけますね？」

だが、アンジェラは首を左右に振ってきっぱりと言った。

「――分かってはいます。だけど、これとそれは別問題です。受け取れません」

アレクセイは片方の眉をぴくりと動かすとアンジェラを睨みつけた。

アンジェラも彼を真っ向から睨み返す。両者、一歩も退くつもりはない。

やがて、アレクセイは肩を竦めると、封筒を懐に戻して言った。

「では、貴女ではなく保護者の方にお渡ししましょう」

「母は受け取りません。誰もがお金で動くと思わないでください」

毅然《きぜん》と言い張るアンジェラだが、内心不安でいっぱいだった。

(ママに昨夜のことを知られたらどうしよう)

いつだって彼女の母、セミューザはアンジェラの味方だ。

だが、さすがにこのようなことは実の親に知られたくはない。アレクセイに弱みを見せないために気丈に振る舞うが、手の平には嫌な汗が滲んでくる。

「そんなものいただかなくてもご迷惑かけないようにしますから、やめてください」

「そんな口約束、私が信じるとでも?」

嫌味な彼の言い方に、かえってアンジェラの腹が据わる。

イチかバチか、アンジェラはカマをかけてみた。

「……そもそも、ライオードおじさまはこのことを知ってらっしゃるんですか?」

「…………」

言葉を失うのはアレクセイのほうだった。忌々しげに舌打ちをする。その反応を見て、アンジェラは彼がライオードの指示ではなく独断で動いているのだと知ってほっとする。

これは賭《か》けだった。アンジェラはライオードに連絡する術を知らないが、その術を持っているように見せかけたのだ。

オーナーの命令ではなく部下の独断で動いたとなれば、自分のホテルの従業員には特に厳しいと噂されるライオードが見過ごすはずもない。

「――私を敵に回したこと、必ず後悔させてあげましょう」

それだけ言い残すと、アレクセイはドアの外へと出ていこうとする。

その背に向かって、彼女は思い切り舌を突き出した。

と、不意に彼が後ろを振り返った。

「……あ」

舌を突き出したまま、アンジェラは顔をひきつらせる。

不愉快そうに舌打ちをすると、アレクセイは半目になって忌々しげに呻《うめ》いた。

「だから子供は嫌いなんです」

「…………」

返す言葉もなく、アンジェラはシーツを力いっぱい握りしめる。

(もう子供じゃないものっ！)

つい悔しくて、そんな言葉が彼女の喉元から出かかったが、それはそれで問題発言もいいところだ。昨夜、子供でなくなったばかりだなんて誰にも言えやしない。

アンジェラは唇を噛みしめて言葉を呑みこむと、ドアが完全に閉められるのを見届けた後で深いため息をついた。

昨日から今日にかけていろんなことが起こりすぎたため、心身共にくたびれ果てていた。

これからどうなるのだろう？　どうなってしまうのだろう？

ライオードに迷惑をかけたくないだとか、アレクセイのきつい言葉だとかが、彼女の頭の中をぐるぐると回り、収拾がつかなくなってしまう。

そういった細かいことは敢えて考えないようにしないと。

アンジェラはいつものように余計な考えを頭の中から追い出そうとする。

だが——

「どうしたんだろう。らしくないな……」

複雑な想いが胸を掻き乱し、思うようにいかず、アンジェラは顔をしかめる。

今までこういうことはほとんどなかったはずなのに……。

自分の中の何かが変わったと、アンジェラは感じていた。
変わってしまうことの怖さと期待とが彼女を苛《さいな》む。
だが、たった一つ確かなことがあった。
それは、彼女がけして後悔だけはしていないということだった。

第二章　眠れない夜、愉悦を知って

「ありがとうございます。またお越しくださいませ。外はまだまだ寒いのでお風邪を召さないようにお気をつけて」

カフェ・ドゥ・リュヌの古めかしい扉を開き、アンジェラは、いつものように笑顔で客を送り出す。

が、ドアが閉まると、ふっと真顔になり、細いため息をついて暖炉傍の席をぼーっと見てしまう。

それは、聖クリスの祝日にライオードを通した席だった。

満席のとき以外は、なるべくその席はライオードのためにと空けてある。

もちろん、誰にも内緒で。あくまでもアンジェラのできる範囲で。

だが、彼女はもともと感情が豊かで顔に出やすいタイプだけあり、店主や母親を始めとして、彼女と親しい常連は彼女の異変に気づいていた。

だが、みんなアンジェラを気遣って、彼女にライオードとのことを聞くようなことはせずに様子見を貫いているため、知らぬは本人ばかりという図ができあがっている。

ちなみに、あれからすでに十日経ち、年も明けてしまったにもかかわらず、彼がその席にやってくることは一度もなかった。

首筋に刻まれた証もすでに消えてしまい、日を追うごとに彼とのつながりがどんどん細くなっていく気がしてアンジェラは心細くなる。

もともと偶然出会ってオペラを一緒に観て一夜を共に過ごしたというつながりでしかないのだが、アンジェラにとっては特別な思い出だった。

しかし、ライオードにとってはなんてことはない日常の一コマだったのかもしれない。

そんな考えが幾度となくアンジェラを苦しめる。

（また来てくれるって……あれってやっぱり社交辞令だったのかしら）

たった十日会えていないだけで、一年以上は会っていない気がして、もう永遠に会えないんじゃないかという不安にすら駆られる。

冷静に考えてみれば、発想が飛躍しすぎだし、杞憂《きゆう》に過ぎないとも思うが、どうしてもそんな心配を拭《ぬぐ》い去れない。

ライオードの来店を心待ちにしている彼女にとっては、一日一日が過ぎるのがとても遅く感じられていた。

（いつやってくるか分からない人を待つって、こんなにも大変なことだったなんて）

レジを載せた台に頬杖をつくと、アンジェラは胸に下げたネックレスチェーンを手繰り寄せてじっと見つめる。

彼女はライオードからもらった鍵モチーフのスプーンをペンダントトップ代わりに鎖に通して身につけていた。

オペラを観にいったときのドレスやアクセサリーも彼からのプレゼントには変わりないが、アンジェラはこのスプーンが一番のお気に入りだった。

真偽のほどは分からないが、店員ではなくライオードが自分のために選んでくれたものという感じがして。

アンジェラは、手の平に載せたスプーンの柄を指先でそっとなぞると、再び深いため息をついた。

「アン、ため息は幸運を逃がしてしまうわよ？　オーナーがいらっしゃらないからってそんなにがっかりしないの。アンを気に入っている他のお客様が妬《や》いてしまうわよ？」

「ママ……ち、違うわ。そんなんじゃないってば」

アンジェラの母、セミューザが意味深な笑みを浮かべて、彼女の耳元に囁き、肘で小突いてきた。顔を真っ赤にして反論するアンジェラにウインクをよこしてくる。

セミューザも、アンジェラが聖クリスの祝日をライオードとどのように過ごしたか、自分からは何一つ彼女に尋ねてこようとしなかった。

あくまでもアンジェラが話してきたことだけに耳を傾け、うれしそうに頷くのみだった。

そのスタンスは今も変わらず、アンジェラは母のそんな心配りをありがたく思う。

いろいろ話したいことはあったけれど、さすがにすべてを包み隠さず話す訳にはいかない。

ホテル・ライオードの地下にある素敵なショップのことや、オペラやプレゼントについて、アンジェラはおもしろおかしく母に話して聞かせた。

ただし、あの夜のことだけはけして口にしない。

ライオードと過ごした一夜は、誰にも言えない彼女だけの秘密だった。

年も違いすぎるし、身分も立場もあまりにも違いすぎる。

アレクセイの辛辣《しんらつ》な言葉が何度もフィードバックしては彼女を悩ませていた。

「でも、アンジェラがオーナーを心待ちにするのも無理はないかもね。なんたってまるであしながおじさんですもの。まさかそんな粋《いき》なことをする人だとは思ってもみなかったわ。なんだか同族の匂いがぷんぷんするわね」

「同族？　なのかしら？　まったく違う世界に住んでいるのに？」

「どんな世界にいても人の性質っていうのかしら？　似た者同士はいるものよ」

セミューザがそう言ってアンジェラの肩を軽く叩いて励ましたちょうどそのときだった。

ドアベルが鳴り、二人は同時に「いらっしゃいませ」と声をそろえて入り口を見た。

刹那《せつな》、アンジェラの心臓がどくんと高鳴り、顔が真っ赤になった。ネックレスの鎖に通したスプーンをぎゅっと握りしめて背筋を正す。

黒色の山高帽《ボーラー》をかぶり、同色の上質なカシミアのコートを羽織ったライオードの姿がそこにあった。

(社交辞令じゃなかった！　ライオードおじさま、ちゃんと来てくださった！)

胸が熱く震え、鼻の奥がツンと痛くなる。

ライオードと目が合い、アンジェラは最高の笑みを浮かべると、彼に元気よく一礼した。

彼女のポニーテールが勢いよく頭の前へと垂れ下がる。

ついはしゃぎすぎたかも、と恥ずかしく思いながらアンジェラが顔をあげると、ライオードも帽子をとって胸元に当てて恭しく礼を返してきた。

大人の余裕を感じさせる洗練された仕草にアンジェラは熱いため息をつく。

舞いあがっている彼女に母が耳打ちをする。

(アンジェラ、落ち着いて。まずはこの間のお礼をしっかり言うのよ？)

娘がやはり勢いよく頷くのを確認して、彼女はライオードに軽く会釈をしてからピアノへと向かった。

椅子の高さを調整し、ピアノの鍵盤《けんばん》に指をのせる。

一呼吸置いてから、彼女はとびっきりムーディーな曲の弾き語りを始めた。

ややハスキーな張りのある声が店内に響き、常連たちが目を閉じて聴き惚《ほ》れる。

一方のアンジェラは、昂《たか》ぶる気持ちを抑えながら、ライオードを出迎えていた。

「い、いらっしゃいませ。ライオードおじさま！　ごぶさたしています！」

「ああ、約束を果たすのが遅れて申し訳ない」

彼は目を細めて彼女を見た。厳格な表情がほんのわずかに緩む。

前よりも、ややややつれた感があり、アンジェラは心配になる。

彼が脱いだコートを受け取ると、彼女はやや遠慮がちに尋ねた。

「あの、かなりお忙しいのでしょう？　少し顔色がよくないようにお見受けしますが、本当に大丈夫ですか？」

「ああ、少しばかり出張が多かったものでね。またすぐにトリス国へ発たねばならない」

そのたった一言だけで、アンジェラがここのところずっと抱いていた不安は霧散する。

（ただお忙しかっただけだったんだ。なのに私ったら……ただの社交辞令だったんじゃないかとか、もう二度と会えないんじゃないかとか……あれこれ無駄な心配して……。おじさまはちゃんと約束を覚えてくださってたのに）

ずっと胸の奥につかえていた無数の小石がたちまち溶け消えていき、代わりに温かな気持ちが彼女を満たす。アンジェラは、我ながら自分の単純さに呆れてしまう。

「おじさま、お時間はどのくらいありますか？」

「一時間弱だな」

ライオードはシックな腕時計にちらりと目をやって答える。その文字盤は一部が透明になっており、繊細な歯車や部品が組み合わされた複雑な仕組みが見てとれる。

時計の針にはルビーが一粒あしらわれている。

「一時間ですね。分かりました。お腹は減ってらっしゃいます？」

「――前は凍え死にそうだったが、今日は飢え死にしそうだ」

ライオードのまなざしに一瞬、獣じみた光が宿る。

あの晩を彷彿とさせるそのまなざしにアンジェラの心臓が跳ねた。ついあれこれ邪推《じゃすい》してしまい、彼女の頬が赤らむ。

恥じらいに目を伏せてしまう彼女をライオードはどこか楽しげに眺《なが》めていた。

好きな少女にいたずらをしたがる少年のようなまなざしで。

「……わ、分かりました。よろしければ私にすべてお任せ願えますか？　チーズとベーコン、ピクルスはお好きでしたよね？」

「ああ……たった一度の食事で。よく覚えているものだ。うちの従業員たちにも見習わせたいものだな」

ライオードに褒められ、アンジェラはちょっと得意そうに口端をあげて、大きなエメラルドの目を輝かせる。

彼女は、オペラを観た後のスイートルームでの食事内容を覚えていたのだ。

前菜《アペリティフ》で使われていた食材だった。

「さすがにホテルのお料理のメインに使われていたトリュフや鴨肉《かもにく》、真鯛みたいな高級食材はうちにはありませんけれど、チーズとベーコンとピクルスだけは飛びっきりおいしいのがあるんです」

やはりアンジェラは得意そうに言うと、足取りも軽く、暖炉傍の席へと彼を案内した。

浮かれるあまり、その途中、段差もないところで派手に転んでしまいそうになり、ライオードに支えられてしまう。

「――危ない」

「す、すみません」

たくましい胸に身体を預けた体勢になり、刹那、彼の香水《ムスク》が香り、アンジェラは眩暈を覚える。

あの夜の記憶がフラッシュバックで脳裏に蘇った。

身体の奥が熱を帯び、頭の芯《しん》が痺《しび》れてしまう。

アンジェラを案じたライオードが、彼女にだけ聞こえる声で尋ねてきた。

「どうした。大丈夫かね？」

「はい、大丈夫です。ただ……一つだけ教えていただきたいことが」

「なんだね」

アンジェラはライオードを切実な様子で見つめると彼の耳におずおずと囁いてきた。

今度は何事かとライオードは耳を傾ける。

「ライオードおじさまのつけていらっしゃる香水を教えていただけませんか？」

次の給料日がやってきたらライオードが身に着けている香水と同じものを買いにいこう。

そうしたら少しは寂しさが紛れるかもしれない。

アンジェラにとっては切実な願いだったが、ライオードは拍子抜けしたように肩を竦《すく》めると背広のポケットから携帯用の香水の小瓶を取り出してアンジェラの手に握らせた。

あまりにも一瞬のスマートな対応で、周囲の誰も彼のその動きに気づかなかった。

アンジェラは胸を高鳴らせながら、小瓶を握りしめる。

とっておきの宝物を分けてもらったかのような、天にも昇る心地だった。

(どうしておじさまはこんなにも私に幸せを分けてくれるのだろう？)

ライオードを暖炉傍の席に通しながら、アンジェラは不思議でならない。

幸せを分けてもらったら、倍返しにしないと——

がぜんやる気がでてきて、ライオードに負けてはいられないとばかりに、アンジェラは腕まくりをして厨房へと乗り込んでいった。


肩を怒らせ、勇み足でやってきた彼女を見て、店主が目を丸くする。


「アン、どうしたんだ？　嫌な客でも来たのかい？」

「その逆です！　負けてられないんです！」

「は？　負ける？　何を？」

「おもてなし対決です！　キッチンちょっとお借りしますね！」

「……料理なら……ワシが作るが……」

「いいえ、これだけは私に作らせてください！」

アンジェラは店主をきっと見据えると腰に両手を当ててきっぱりと言い切った。

彼女の迫力に負け、店主はおずおずと頷いた。


しばらくしてアンジェラは、できたてのクロックムッシュを載せた皿とカプチーノをトレーに載せてライオードの席まで運んでいく。

クロックムッシュは、ふわふわの食パンをミルク入りの卵液にひたして、フライパンに発酵バターを広げ表面をこんがりと焼く。その上に、厚切りのベーコンを載せ、たっぷりのチーズをかけてとろかせた料理で、アンジェラの一番のお気に入りだった。

彼女が通路を通りすぎると、いい匂いが辺りに漂い、その匂いにつられた他の客たちもこぞってクロックムッシュを追加注文し、店主がうれしい悲鳴をあげることとなる。

ダブルのスーツを着たライオードは、メガネをかけて新聞に目を通していた。傍には年季が入った分厚い革の手帳が置いてある。

仕事のことを考えているのだろうか？　どこかピリピリとした雰囲気が漂っている。

仕事モードのライオードも素敵だなぁと、少し離れたところで眺めていたい気分のアンジェラだったが、時間がなかったことを思い出して彼に声をかけた。

「お待たせしました！」

彼女は、手際良くフォークとナイフとナプキンをテーブルに並べ、続けて皿とカップも並べた。

カプチーノのカップのソーサーには、ライオードからプレゼントされたティースプーンを添えてある。

それに気づくと、ライオードはふっと目を細めた。

が、カプチーノのカップを目にした途端、一転して眉間の皺《しわ》が深くなる。

「どうぞ熱いうちにお召し上がりくださいませ！」

アンジェラはわくわくと身を乗り出しながら、ライオードを見守っている。

その様は、まるで「褒めて褒めて」と尻尾をちぎれんばかりに振る子犬のようだ。

そんな彼女をライオードは半目で見ると、籠《こも》った声で尋ねた。

「……ありがとう。だが、このカプチーノは？」

「ショコラショーは甘いですし、今日はお食事もされるというのでデザートドリンクとしてお持ちしようと思いまして！」

「いや、そうでなく……私が言いたいのは……」

「そうだ！　私ったら……お礼を申し上げるのを忘れてました。オペラに素敵なお食事ありがとうございます。それから、とっても素敵なティースプーンまでいただいてしまって。お守り代わりにいつも持ち歩いています。ああっ！　ちゃんときれいに洗ってきましたから、使っていただいて大丈夫ですよ！」

「……それはまったく問題ないのだが」

もう舞いあがりまくって普段よりも早口で一方的にまくしたててしまうアンジェラも、そこでようやく彼の渋面に気づいた。

「は、はい？　どうしました？　す、すみません。私ばっかりしゃべってしまって」

少し落ち着いた様子のアンジェラにライオードは尋ねた。

「この絵は一体なんのつもりだね？」

「あーっ！　それもサービスです！　カプチーノやカフェラテをご注文されたお客様には、お客様のイメージに合わせてスチームミルクとココアで表面に絵を描いてるんです。結構、喜ばれるんですよ」

「……客のイメージに合わせて、か」

「はいっ！」

「…………」

アンジェラの元気いっぱいの返答を聞き、彼はさらに渋い顔をする。

ライオードの目の先には、スチームミルクで描かれた可愛らしいウサギがいた。あまつさえ、小さなハートまでウサギの周囲に添えられている。

周囲が固唾《かたず》を呑んで二人のやりとりに注目していた。

厳格な性格で知られているあのホテル・ライオードのオーナー相手に、まさかウサギの絵を描いたカプチーノを出すとは……。

アンジェラの天然にもほどがある。

こんな小さなカフェなど、ライオードがその気になりさえすれば、いつでも潰《つぶ》すことができる。

緊迫した空気の中、ライオードはスプーンを手にとると、とりあえずファンシーなウサギの絵を崩そうとした。

だが、うれしそうなアンジェラを見ると、気をとりなおして手を止め、ウサギの絵を壊さないようにカップに口をつける。それを見たアンジェラがさらに相好を崩《くず》す。

どうなることかと身構えていた客たちは、ほっと胸を撫で下ろす。

それと同時に今度はおかしさがこみ上げてきた。

だが、誰もがライオードを気遣って、必死に笑いを堪える。

その場に居合わせた全員の肩が小刻みに震えていた。


豪華客船エルザベル号のデッキにライオードの姿があった。

凍てつく海風が彼のロングコートをはためかせる。デッキには彼以外の姿はない。

彼は、シャンパンに口をつけながら、水平線に沈みゆく夕陽を眺めていた。

「やはり不思議な少女だ」

パリシアを発つ前に会いにいったアンジェラの笑顔を思い出す。

彼がカフェを訪れた際、彼女の首筋から証が消えたのを確認していたことに彼女はきっと気づいていないだろう。

それを目にした瞬間、あの細い首筋に再び自分のものだという証を刻みたい。

誰にも渡したくない。自分だけのものにしておきたい。

そんな獰猛《どうもう》な欲望が黒々と膨れ上がっていたが、ライオードはそんな素振りをアンジェラにはかけらも見せず、紳士的な態度で通した。

しかし、本当は彼女を征服したかった。あの晩のように——

それを知ったら、アンジェラは自分を軽蔑《けいべつ》しただろうか？

それとも——

「……すべてが欲しくなる」

ライオードは低い声で言うと、シャンパンを呷った。

強い風で乱れた前髪を無造作に搔きあげると彼は自嘲《じちょう》めいた笑みを口元に浮かべる。

「この私としたことが血迷ったか……相手は子供だぞ」

寒空の下、大洋をゆく船上にて。ライオードは時を忘れて物思いに耽《ふけ》っていた。

やがて、夕陽が海の向こう側へと溶け消えていくと、辺りは赤灰色を残した闇《やみ》へと覆われていった。

月に一度か二度ほど、ライオードがふらりとカフェ・ドゥ・リュヌへとやってくるようになった。そのたびにアンジェラは全力で彼をもてなす。

相変わらず一生懸命すぎるあまり、力が入りすぎて空回りをすることも多々あったが、それはそれで味のある接客で、ライオードがクレームをつけるようなことは一切なかった。

少しの粗相《そそう》があっただけで従業員をクビにし、たとえよその店の従業員であっても失礼な振る舞いがあった場合は店主にかけあいやめさせるという噂が嘘のようだった。

また、普通ならば下卑《げび》た噂の一つや二つたてられてもおかしくはないが、どういう訳かそういう噂は一向にたたない。その辺のことは、おそらくあの切れ者らしき彼の側近――アレクセイが裏でうまく立ち回っているのだろうとアンジェラは察しをつけていた。

最初こそライオードを警戒していたカフェの常連たちも、今では彼とアンジェラとのやりとりに出くわした日はラッキーとばかりに楽しみにするようになっていた。

なんせ、ライオードは厳格なタイプ。いつも厳しい顔つきでにこりともしない。

一方、彼とは対照的にアンジェラはとても明るく、相手が誰であっても物怖じせず分け隔《へだ》てなく接するものだから、二人のやりとりは傍目から見ていて、どこかコミカルで微笑ましい。

アンジェラには、ライオードの仕事がどんなに忙しいものかは見当もつかなかったが、一生懸命想像して、多忙な中なんとか時間を工面してカフェ・ドゥ・リュヌまで足を運んでくれることに感謝していた。

それでも寂しいときや根拠のない不安に苛《さいな》まれるときには、ライオードからもらった香水を身につけてベッドにもぐりこんで気を紛らわした。

そして、三カ月が経ち――寒さもずいぶんと和らいできて、木々の蕾《つぼみ》が膨らみ始めたとある夜のことだった。

アンジェラが閉店準備をしていると、店の表にクラシックカーが乗りつけられた。

運転席から降り立ったのはライオードだった。

いつもなら運転手がついているはずなのに、今日は珍しく一人だ。

彼の姿を目にしたアンジェラが、一目散に彼の元へと駆けつけてきた。

そして、息を弾ませながら、彼に言った。

「ライオードおじさま、申し訳ありません。もう閉店時間が過ぎてしまっていて。でも、店主にお願いしてみますから、ちょっとだけお時間いただけますか！」

「いや、問題ない。今日は食事は済ませてきたのでね。ただ、君のお母さんと店主と少し話したいのだがいいかね」

「え？」

思いもよらない彼の言葉にアンジェラはきょとんとしてしまう。

「店主と母に……なんの御用ですか？」

「いろいろ考えてみたのだが、これ以外思いつかなくてね」

ライオードは鷹揚《おうよう》な笑みを浮かべながら、彼女の首筋にそっと指を這わせた。

アンジェラはびくっと肩を跳ね上げて、切なげに目を細める。

「あ……お、おじさま？」

ライオードは何も言わず、アンジェラを軽く抱きしめ、腰を屈める。

首筋に彼の息を感じて身構えた彼女だが、ライオードは、頬と頬を触れさせる挨拶《ビズー》をしただけだった。

戸惑いを浮かべるアンジェラの耳元に彼がからかいを帯びた声色で囁く。

「――何を期待した？」

「っ!?」

アンジェラが真っ赤になって口を尖らせると、彼は彼女の頭を軽くポンポンと叩いて傍を通りすぎ、店のドアを開くと中へと入っていった。

慌ててアンジェラも彼の後を追った。


「アンジェラを養女に？」

「はい、大変失礼な申し出とは思いますが――ぜひお願いしたいのです。お嬢さんをコッツウォールにある私の屋敷にお預かりしたいと思いまして」

ライオードがアンジェラの母、セミューザと店主へと頭を下げた。

いきなりの話に、傍に控えていたアンジェラの口は開きっぱなしになってしまう。

(ライオードおじさまが私を養女にっ!?)

心がちぢに乱れる。アンジェラは、自分がうれしいのか辛いのかすら分からなかった。

胸の奥が熱くなり、同時にじくじくと痛んでもいる。

(それってどうなるってこと？　ママはどうなるの？)

しばらくの沈黙の後、セミューザがまぶたが痙攣《けいれん》するようなまばたきを繰り返して、震える声でライオードへと尋ねた。

「……なるほど。そのためにこちらに足を運ばれていたのですね？」

「ええ。お嬢さんの資質を確かめるためです。従業員を採用する際、私共のグループではその仕事の大小にかかわらず、時間をかけてその個人の資質を見ます。今までいろんな人間を見てきましたが、お嬢さんは非常に面白い感性をお持ちだと思います」

いつもはアンジェラに皮肉めいた言葉しか差し向けないライオードが、真摯《しんし》な態度で彼女を褒めた。その落ち着ききった顔には、彼の覚悟のほどが見てとれる。

ライオードの言葉を耳にしたアンジェラは唇を噛みしめて　視線を床に落とす。

(私に会いに来てくださってたのは――あくまでもお仕事のためだったのね)

心臓を氷の手で鷲掴みにされたような心地がする。

そんな事情も知らず、単純にライオードの来店を心待ちにして、一喜一憂していた自分が急に馬鹿らしく思えてきた。

それでも、アンジェラはさっきの彼とのやりとりを思い出して自分を励ます。

(いろいろ考えてみたけど、これしか思いつかなくて。おじさまはそうおっしゃっていた。仕事のためというのはきっとママや店主の手前だから……。きっとそうに違いない)

ライオードの一言一言が彼女の心をたやすく翻弄《ほんろう》する。

セミューザはしばらく考えてから口を開いた。

「オーナーがそうおっしゃってくださるなんて……。ありがとうございます。ですが、従業員として雇うのではなくなぜ養女にされようと思われたのですか?」

「その才能を徹底して伸ばし、ただの従業員で終わらせないためです。お嬢さんの才能を私は高く買っています。きっと教育の賜物《たまもの》でしょう。マニュアルどおりの接客ではなく、お嬢さんは自分の頭で考えて奉仕する精神が身についている」

ライオードの言葉にセミューザは思案顔で頷いた。

「すぐに……結論は出せないと申し上げたいところですが、これはアンジェラにとってまたとない良い機会だと私は考えます」

「ママ……」

「アンジェラはとってもいい子です。親馬鹿と言われようが、私はこの子を誇りに思っています。私の宝物です。本当は手放したくなんてありません」

セミューザはありのままの本心を淡々と語る。その目には涙が光っていて、ランプのオレンジ色の光を反射して琥珀色《こはくいろ》の輝きを放っていた。

それでも、彼女は気丈にも涙を堪え、勝ち気な微笑みを浮かべてから頭を下げた。

「――でも、この子の可能性が拓ける機会を大事にしたいと思います。『幸運の女神の前髪をつかめ』とも言いますし、迷っている間にもチャンスは失われてしまう……どうぞこの子をよろしくお願いします」

「…………」

母の言葉にアンジェラは息を呑む。彼女は、頭を下げた母の背中が小刻みに震えていることに気づいていた。アンジェラの鼻の奥がつんと痛くなり、視界が涙で滲む。

「もちろん母親である貴女とお嬢さんを引き裂くような真似はしません。大事にお預かりしますし、必要ならば貴女もぜひ一緒に私の屋敷にいらしてください。歓迎します」

「いえ、それは遠慮します。それでは子供の成長の機会を奪うことになりかねません。逃げ道が近くにあっては乗り越えられるべき壁だって乗り越えられないと思います」

「でも、それじゃママは一人で……」

「一人も案外悪くないものよ？　一人遊びはママもアンジェラも得意なほうでしょ？」

セミューザはちゃめっ気たっぷりに娘へとウインクをよこす。

「別に今生《こんじょう》の別れという訳でもなし。手紙もちゃんと送るから。遠距離親子ごっこを楽しみましょう？　こんな機会そうないわよ？」

アンジェラはたまらず母へと抱きついた。力いっぱい抱きしめる。必死に涙をこらえようとするも涙腺《るいせん》が壊れたかのように涙が溢れてしまい、床にぽたぽたと落ちて点々とした水玉の沁《し》みをつくる。

セミューザは彼女の頭を優しく撫でてやる。その顔はどこまでも穏やかだった。

「店主にもご迷惑をおかけすることになるかもしれませんが、どうぞご理解いただきたい」

「……正直、アンジェラは店のムードメーカーなんでどこにもやりたくないですし、うちでずっと働き続けてもらいたかった。でも、セミューザが決めたのなら、ワシがどうこう口を挟む問題ではない」

店主は鼻をすすりながら、顔をくしゃくしゃにした。

アンジェラは顔をあげると、店主にも抱きついた。

「つらくなったらいつでも戻ってきていいんだからな！　アンジェラの好きなクロックムッシュ、クレームブリュレ、なんでもつくってやる！」

「あら、店主、それは駄目ですよ。がんばる前からそんなこと言っちゃ……さっきの私の話、聞いていらっしゃらなかったの？」

「うるさい！　誰がどう言おうといつだってワシはアンジェラの味方だ！　誰にも文句は言わせん！　ワシの料理が食べたくなったらいつだって配達してやるからな！」

「もう、子供じゃないのだから。甘やかしすぎは駄目ですよ」

「ワシ一人くらい甘やかしてもいいっ！　ワシが決めた！」

三人が抱き合って互いの背中を叩きながら別れを惜しむのを横目に、薄暗がりの中、ライオードが葉巻に火をつけると、煙をくゆらせて目を閉じる。

ランプの灯りに照らされて陰影がついた彫りの深い顔はいつもと変わらない無表情。

彼は何かに思いを馳せているようだった。

アンジェラは彼のその横顔を不思議な思いで眺めていた。

ライオードがアンジェラを養女にする理由には、なんら矛盾はなかったはず。

だが、それでも――アンジェラはライオードが、まだ口にしていないことがあるのではないかと訝ってしまう。

ライオードは常に外の世界に閉じている。自ら堅牢《けんろう》な檻《おり》をつくっているかのように。

彼女は、いまだに彼の心に触れた気がしない。

ここまで自分を抑え込んだ人はそういない。少なくとも、彼女は今までそういうタイプに出会ったことはなかった。

（……他に理由があるのではと思うのは単に私の願い？　でも、だとしたら私は何を望んでいるというの？）

我に返ったアンジェラは、浮かんだばかりの考えを打ち消すように首を振った。

そこには、あまり触れてはならないと本能的に感じていた。

（ただ単に私は……ライオードおじさまに一方的に憧れているだけだもの。第一、ライオードおじさまにはもう奥様がいらっしゃるのだし……）

ライオードの左手の薬指に輝く指輪を見て、彼女は自分に強く言い聞かせる。

彼に対する気持ちが昂ぶって歯止めがきかなくなりそうな際に、いつもアンジェラは同じように自分へと言い聞かせていた。

ライオードに対する気持ちは、恋に似てはいるが、恋というよりもむしろ憧れに近いものだと。一方的に慕うだけで、それ以上は何も望んでいないのだと。

だが、そう言い聞かせていても――ライオードと結ばれたときのことを思い出すと、いてもたってもいられなくなってしまうもう一人の自分もいることを認めずにはいられなかった。

アンジェラは自分の本心、本当の望みを知るのが怖かった。


コッツウォール――国の中心部から西に車で三時間ほどかかる田舎村。

小高い丘の上にライオード邸はあった。

屋敷というよりは城と呼ぶほうがふさわしい。歴史ある古城を改築したもので、村の人たちにはライオード城と呼ばれている。

城には尖塔《せんとう》が突き出ており、そこへと至る螺旋《らせん》階段を上った先にある小部屋にアンジェラの姿はあった。

ライオードの養女になる手続きを済ませ、ここに引っ越してきたのである。

母やカフェ・ドゥ・リュヌの店主、常連客たちとの別れはつらくて、昨晩のお別れ会の後、ずっと涙が止まらなくて、彼女の目は真っ赤に腫《は》れあがってしまっている。

今朝、必死に蒸しタオルで温めてはきたが、まだ腫れはおさまっていない。

「わぁ……すっごい眺め」

窓の外にはバルコニーがあり、その向こう側には薄く伸ばした綿を張り付けたような空と、草原が広がっていた。

遠くに見える小さな白い点々は放牧されている羊だろう。

そのはるか彼方には水平線も見える。

都会にはない田舎の雄大な自然が窓の外に広がっていた。

アンジェラがついこの間まで過ごしていた小さなアパルトマンのベランダからは、ごちゃごちゃとした町並みと、空も一部しか見えなかった。

窓の傍へと駆けよると、アンジェラは窓を開け放った。

心地よい風がさあっと入ってきて、彼女の長い髪をたなびかせる。

窓は石壁をくりぬいて造られたもので、出窓のようになっている。

アンジェラがそこに腰を下ろして外を眺めていると、神経質な咳《せき》払いが背後に聞こえた。

我に返ると、戸口にアレクセイが立っていて、アンジェラを冷ややかな目で見据えていることに気づき、慌てて出窓から飛び降りた。

彼は胸元から鎖のついた懐中時計を取り出してちらりと見ると大仰なため息をつく。

「……いつまで私はここで貴女を待っていればよろしいんでしょう？　こう見えて暇ではないのですが？　お屋敷の執事長とライオード様の秘書を兼任しているものですから」

相変わらずの嫌味な口調は主《あるじ》譲りかもしれない。

だが、ライオードの言葉よりも、もっと鋭く攻撃的だ。

相手がアンジェラだからかもしれない。彼の彼女に対する態度は、最初に会ったときとなんら変わらない。

「あ、す、すみません。アレクセイさん……あんまりにも眺めが素敵だったものだから、つい夢中になっちゃって……」

「貴女は子供ですか？　もう一六なのでしょう？　まったく……レディとしてのたしなみを一から教え込む必要がありますね。このお屋敷の秩序の一切は私に任せられているということをお忘れなきよう」

厳しく言われ、アンジェラはしょげてしまう。

と、そのとき、部屋のドアが音を立てて勢いよく開いた。

「うへー、めっちゃ重いし……疲れたー。アレク、荷物持ってきてやったぞ！」

高いソプラノの声――見れば、アンジェラの肩ほども背丈がない小さな男の子が汗だくになって部屋に飛び込んできたのだ。

両手で引きずるようにして運んできたアンジェラの赤いトランクを部屋の中央に置くと、その上に飛び乗って得意そうに鼻の下を指でこする。

短いブロンドの巻き毛に縁取られた愛らしい顔のいたるところが土で汚れているし、サスペンダーは片方外れてシャツの裾もだらしなく外に出ている。おまけに身体中引っかき傷やらかさぶたがやたら目立つ。

もういかにも見た感じ、元気という元気がありあまって仕方ないヤンチャそうな少年だ。まだ声変わりしておらず、透きとおった声が特徴的で。

小奇麗にさえしていれば天使のような歌声を持つ少年として教会の合唱団などでもてはやされそうなのに。アレクセイを略称で呼び捨てにする態度のでかさといい、ちょっとした子供ギャングのようなものなのだろう。

「……これが……秩序？」

アンジェラが思わず呟くと、アレクセイが深いため息をついて悩ましげに首を振る。

その様子にアンジェラは思わず吹き出してしまう。

「んで、俺はレオってんだけど、あんたは？」

「私はアンジェラよ。はじめましてレオ」

アンジェラが彼に向かって手を差し伸べると、彼はべーっと舌を突き出し、トランクの上から飛び降りた。

そして、ダッシュで彼女の横を通りすぎる際、くるぶしまで丈のあるスカートを力いっぱいめくった。

「っ!?　こ……こらぁあああああーっ！　なんてことするのっ！　待ちなさいっ！」

「へへーんだ。色気ねーパンツー！」

ドアから飛び出して、螺旋階段を全速力で駆け下りていくレオをアンジェラが負けじと追いかけていく。

レオの前方からは、髪を二つに分けて三つ編みをした少女が階段を上ってきていた。クラシカルな紺色のメイド服を着ている。

彼女の両手は洗濯カゴで塞がっていた。

レオが彼女の傍を通りすぎざま、彼女のエプロンスカートをめくりあげた。

「っきゃあっ！」

少女は悲鳴をあげると洗濯カゴを取り落としてしまう。

中身が宙にぶちまけられ、その場にへたりこんだ彼女の上へと降り注ぐ。

「だ、大丈夫？」

階段を駆け下りてきたアンジェラが、彼女を放っておけず声をかけた。

「あ、は、はい……だ、大丈夫です」

「ほんっとあいつ、クソガキなんだから。安心して。貴女の仇《かたき》は私がとってみせるから」

散乱した洗濯物を手早く拾いあげて洗濯カゴに戻しながら、少女へと話しかける。

半泣きになった少女は、我に返ると、すっくとその場に立ちあがった。

彼女の頭に載っていた靴下が足元に落ちる。

「あぁっ、あたしとしたことがっ！　こんなことはメイドのわたくしがしますので。お嬢様がする必要はありませんので！　気づかず申し訳ございません」

アンジェラから洗濯カゴを受け取ると、頭を何度も何度も下げてくる。

「いや、私はお嬢様とかじゃないし、洗濯だってずっと自分でしてきてたし」

「えええっ!?　でも、今後はする必要はありません！　なんたってライオード様の養女でらっしゃるのですから。もっとこう偉そうになさってください」

「そういうの苦手なんだけどなあ」

アンジェラが困った風に頭を掻くのを、少女は不思議そうに眺めていた。

「私はアンジェラ、貴女は？」

「すみません。ご挨拶が遅れまして。わたくしはリイラ。リイラ・クリスタといいます。アレクセイ様の下でメイドをしていまして、このお屋敷の雑務を任されています」

「いくつ？」

「十六です」

「私と一緒。よろしくね！　リイラ。私のことはアンって呼んで」

「い、いえいえっ！　よろしくなんてめっそうもない。アンジェラ様、わたくしはあくまでも使用人ですので……ちゃんと分をわきまえてご奉仕させていただきます」

リイラは勢いよく頭を下げると、ひきつった笑いを浮かべてアンジェラから目を逸らしてしまう。すぐに友達になれるという訳ではなさそうだ。

「とりあえず、私、あのレオってクソガキを追うわね。あの子が行きそうなところ、どこか心当たりない？」

「クソガキ……。えっと、たぶん台所か……中庭かと……」

「分かった！　ありがとう！」

アンジェラはリイラの右手を両手で握りしめて握手をすると、きっと顔を引き締めて、再び勢いよく階段を駆け下りていった。

その背をぽかんと口を半開きにしたリイラが見送りつつ呟いた。

「あれが……アンジェラお嬢様。なんて素敵に……アグレッシヴ……」

だが、こうしている場合ではない。

リイラは気をとりなおすと、洗濯カゴに残りの洗濯物を戻し、再び階段をゆっくりと上がっていく。

途中、開け放たれたドアの中を見ると、部屋にただ一人残されたアレクセイが、額に手を当てて苦笑していた。

「アレクセイ様？　どうなさったんですか」

「リイラ、いや……まったくライオード様は何を考えてらっしゃるのかと、先が思いやられ、思案に暮れていただけです」

嘆息すると、彼は窓の外を見下ろした。

さまざまな品種の薔薇《ばら》を集めた中庭に目をやると、彼は居住まいを改め目を閉じ、その場を後にした。

リイラは頬を染めたまま俯いて彼に会釈をするので精いっぱいだった。

くるぶしまで丈がある真っ白なナイトガウン姿のアンジェラがベッドの上に横たわって枕をぎゅっと抱きしめる。

彼女のナイトガウンはノースリーブのワンピースというフェミニンなデザインで、上等なシルクを使ってあるため、肌触りがとても心地よい。

「はあ……疲れた……」

ライオード邸での毎日はアンジェラの想像以上にハードだった。

カフェ・ドゥ・リュヌでの毎日も朝早くから夜遅くまでの立ち仕事でかなりハードではあったが、楽しんでやっていたため気持ち的にはかなり楽だった。

一方、ライオード邸での毎日はとにかくストレスが多くて、アンジェラは気疲れでくたくたになってしまう。

朝早くに起きて乗馬のレッスン、その後の朝食時には、アレクセイに事細かくマナーを仕込まれ、とても食事をした気がしない。

その後も教養だのなんだのとアレクセイのスパルタレッスンが続き、頭の中がパンパンになったところで午後のお茶。無論、ここでもマナーのレッスン。

夕食まで再びアレクセイのレッスンが続き——夕食でもマナーの特訓。

気が休まるのはシャワーを浴びて、こうやってベッドにもぐりこんだときくらいだった。

「ママにも手紙書かないと……心配してるだろうし……」

スパルタなスケジュールをなんとかこなすので精いっぱいで、部屋に戻るとくたくたになって泥のように眠る毎日を送っていた。

アンジェラはけだるい身体を無理やり起こすと、ライティングテーブルへと向かい、ランプを灯した。

インク壺《つぼ》に羽根ペンをつけ、お気に入りの便せんに文をしたためていく。

あんまりにも眠くて、何度も頭が舟を漕《こ》ぐが、目をこすっては一字一字集中して書く。

窓から見える景色の素晴らしさとか、なるべくいいことだけを選んで書くようにする。

文章の締めくくりにはｘｏｘｏとスマイルマークを添えて。ｘｏｘｏとは、キス&ハグという意味で、アンジェラは手紙の最後を必ずその言葉で締めくくることにしている。

「でも、空元気って、すぐにバレちゃうんだろうなあー」

アンジェラは手紙に封をすると、天井を見上げて呟いた。

「みんな元気にしてるかなー」

クリスタルをいくつも下げたアンティークのシャンデリアの形がぐにゃりと歪む。

「ホームシックとかって……らしくないし。元気出さないとな」

アンジェラは口の端をきゅっとあげて笑い顔をつくってみせる。

胸の奥がきゅうっと締めつけられて急に目が冴《さ》えてくる。

彼女は日記帳を取り出すと、新しいページを開き、本音をつづっていく。

アレクセイのスパルタっぷりや、レオのいたずらに悩まされていること。

同い年のリイラというメイドの女の子ともなかなか仲良くなれそうにない。

彼女はひどく人みしりをするタイプで、話しかけてもすぐに逃げてしまうし、やたらアンジェラに恐縮しまくっていて対等に話すことすらできない。

(友達づくりって簡単だと思ってたのに……結構、難しいものだったのね)

アンジェラは肩を落としてため息をついてしまう。問題は山積みだった。

だが、それはまだなんとかなりそうなものだったし、こうやって日記帳にひととおり書き出してみると胸のモヤモヤがすっきりして、また明日からがんばろうという気になってくる。

ただ一つだけ、どうにもならない問題があった。

「……もう少し多く会えるようになると思ってたんだけどな」

アンジェラは窓の外を見る。

銀色にきらめく水平線の上に満月が浮かんでいた。

彼女は席を立つとバルコニーへと出てみる。

海から吹きつけてくる潮の香りの混ざった夜風が心地よい。

南に面したバルコニーは二つあり、アンジェラは隣のバルコニーを横目に見た。

そこはアレクセイの話によると、ライオードの部屋らしい。

だが、彼女がやってきてから、ライオードは一度もこの部屋に戻っていない。彼は妻帯者。妻を住まわせた別宅を持っていて、そっちに足げく通っていてもなんら不思議はない。

灯りがずっと消えたままの窓を見ると、アンジェラはそっと目を伏せた。

ポケットの中から香水の小瓶を取り出すと、両方の手首につけてから、首筋へと当てて香りをうつす。

目を閉じると、ライオードと一緒にいるように感じられて寂しさが紛れる。

アンジェラはため息をつくと、いつも胸から下げているスプーンのネックレスを握りしめて呟いた。

「きっとお忙しいんだわ。体調とか崩してらっしゃらないといいけど……」

前は会えないのが当たり前だったから、たまにライオードが店を訪れたときには飛び上がるほどうれしかった。

だが、彼の養女になったら、同じところに住むんだし、前よりもっと会えるに違いない。もっと一緒にいられるに違いないという期待があった分、意気消沈《いきしょうちん》してしまう。

ライオードがまさかこんなにも家を留守にするとは思わなかった。

と、そのときだった。

思いがけず、ライオードの部屋の灯りが灯る。

アンジェラの心臓がどくんっと跳ねた。

スプーンを両手でぎゅっと握りしめて、ライオードがどうかバルコニーへと出てきますようにと祈る。

ややあって、本当にライオードが火のついた葉巻を手にバルコニーへと出てきた。スーツの上着を脱ぎ、シャツにズボンというラフな格好だ。袖のカフスボタンが月の光を反射して光る。

彼はすぐにアンジェラに気づいた。

「こ、こんばんは。ライオードおじさま」

「アンジェラ？　こんな遅くにまだ起きていたのかね？」

「はい……ちょっと眠れなくて……おじさまは？」

本当はいつもくたびれ果てて快眠爆睡もいいところだったが、その理由を尋ねられたら、それはそれでいろいろ面倒なことになりそうなのでアンジェラは敢えて黙っておく。

「大きなプロジェクトがようやくひと段落したので早めに戻ってきたところだ。シャワーを浴びたら泥のように眠れそうだ」

ライオードが石造りのフェンス越しにアンジェラの頭を優しく撫でてきた。

自分を見つめてくるまなざしが驚くほど優しくて、アンジェラは驚いてしまう。

多忙な中、彼が早めに戻ってきてくれたことがうれしくて胸があたたかくなる。

「お疲れ様です。おじさまのお仕事って、本当に大変なんですね」

「慣れればどんな仕事だって普通になる。大したことではない」

「……そうですね」

ライオードの言葉にアンジェラは励まされる。

なんでも慣れればどんな環境だっていずれ「普通」になる。大変なのは最初だけ。ここの生活にもじき慣れる。心の中で彼の言葉を反芻《はんすう》して自分によくよく言い聞かせた。

「ここでの生活はどうかね？」

「ええ、まだまだ慣れないことばかりですが、なんとかやっていけてます」

「何かあったらアレクセイを通じてすぐに私に知らせるように」

「は、はい……」

アンジェラは苦笑してしまう。アレクセイを通じて——彼のスパルタレッスンについてのあれやこれやをライオードに伝える訳にはいかないだろう。たとえ、伝えようとしても彼のことだろうから、表情一つ変えずに揉み消してしまいそうだ。

もとより告げ口のような真似をするつもりはまったくないが、アンジェラはふと名案を思いついた。

「あの……おじさま」

「なんだ？」

「……何かあったらではなくて。何もなくても……おじさま宛の手紙を渡してもらうよう、アレクセイさんに頼んでもいいでしょうか？」

「何もなくても？」

怪訝そうな表情を浮かべるライオードを見て、アンジェラは慌てて言葉をつけたした。

「はい……けして迷惑はかけません。お返事もいりませんから……ただ一方的に……あ、そうだ。業務日誌みたいなものと思ってもらえれば……」

恥ずかしさのあまり、最後のほうは声が消え入りそうになってしまう。

ただでさえ忙しいライオードの負担になるのではとか、わがままなお願いだっただろうか、とかいう後悔が押し寄せてくる。

だが、ライオードは髭を触りながら思案すると、「分かった」と頷いた。

途端にアンジェラの顔がぱぁっと明るくなる。

携帯用の灰皿に葉巻を押し当てて火を消すと、ライオードは言った。

「さて、そろそろ寝なさい。眠れないというが何が原因なのだね？」

「……分かりません」

身体がぽかぽかして眠気はすっかり吹き飛んでいた。原因は明白だったが、アンジェラはそれを口には出さず気恥ずかしそうに首を振る。

「ならば、こっちに来なさい」

「え？」

彼女が顔をあげると、ライオードがフェンス越しに手を差し伸べていた。その手をとると、アンジェラはフェンスの上に立ちあがった。

そのとき、強風に煽られ、ナイトガウンの裾が船の帆《ほ》のように風をはらみ、彼女の身体がぐらりと危なげに揺れる。

「っきゃ……」

アンジェラはライオードの腕に必死につかまると、そのまま彼の首へと手を回し、胸の中へと飛び込む。

葉巻の香ばしい香りとライオードのつけている香水とが混ざり合い、やさしくアンジェラを包み込んだ。

アンジェラは大きく息を吸い込みながら、ライオードを力いっぱい抱きしめる。

安堵にも似た深い満ち足りた気持ちが彼女に訪れる。

だが、はっと気づくと、ライオードが寂しげなまなざしでアンジェラを見つめていた。

何も言わず、彼女の頰を撫でてくる。

彼の吐息が唇に触れ、アンジェラはキスされると思い目を閉じた。

が、髭のくすぐったい感触は唇にではなく、頰に訪れた。

「寝付けないのならば、寝付かせてあげよう」

耳元で彼の低い声が響き、アンジェラの頰が火照る。声が脳に揺さぶりをかけ、身体が痺《しび》れてしまう。

そのまま首筋にライオードのものだという証をつけてほしい。アンは、そう強く願うも、恥ずかしくてその願いを口にはできない。

ライオードは彼女を横抱きにすると、自室へと戻っていった。

プリンセスのように扱われ、アンジェラの胸は期待に高鳴る。

初めて見るライオードの部屋に彼女は目を輝かせた。

縁がいい具合に擦り切れてツルツルになったアンティークの書斎机には書類がうずたかく積み上げられている他はきちんと整頓《せいとん》されている。

それもそのはず、この部屋はほぼ使っていないのだから。

全体的に質実剛健といった印象を受けるどっしりとした家具が多い。

黒やこげ茶色を基調にした彼らしい部屋だった。

革張りのソファにスーツの上着が無造作に置かれており、その傍には大きなトランクとアタッシェケースとが置かれている。

ライオードは、ベッドまでアンジェラを運ぶと、彼女をベッドの上へと下ろした。

ベッドもライオードの匂いがして、アンジェラの眩暈《めまい》は余計ひどくなる。目を閉じて胸を押さえると、心臓のせわしない鼓動が彼女の手に伝わってくる。

あの晩のことを思い出す。

彼に激しく貪《むさぼ》られたときのことを——

再びあの時と同じように熱く求められるのだろうか？

アンジェラはネックレスに通したスプーンをぎゅっと握りしめて、薄く目を開いた。

ライオードが葉巻の始末を終え、ネクタイを緩めるところだった。

その無造作な仕草一つひとつにアンジェラはときめいてしまう。なんてことはない所作のはずなのに、妙にエロティックに見える。

そのままライオードはベッドへとやってきた。

横にはならず、ベッドの端に腰かけるとアンジェラの長い髪に触れてくる。

ひと房分の髪を手の平で撫でると、口元に寄せ、その香りを嗅いだ。

アンジェラの鼓動はいっそう速度を増していく。ただ単に髪に触れられただけなのに、全身を撫でられたかのような錯覚を覚える。

「どうしたら寝付けられるかな？」

「わ、分かりません……」

「子守唄の類を期待されては困るぞ。君のお母さんのように歌はうまくない」

ライオードは小さく肩を竦めてみせる。

ぜひ聴いてみたいと思ってしまうアンジェラだが、仕事で疲れた彼を悩ませるワケにはいかない。必死に考えを巡らせて、彼女から出てきた言葉は――

「じゃあ……その……一緒に寝てください」

「ふむ？」

怪訝そうな顔をしたライオードに気づいたアンジェラは、自分の発言を反芻してみて、過ちに気づいた。

「あ、そ、その……えっと変な意味ではなく、ただ単に横に来てください……という意味で。って、変な意味って……わ、私ったら。す、す、すみません！」

口がかってに動いてしまい、フォローをいれようとしてかえって墓穴を掘ってしまい、アンジェラは慌てふためいてしまう。

穴があったら入りたい。永遠に埋まってしまいたい。

穴の代わりに彼女はシーツをめくって布団の中へともぐりこむと、ライオードに背を向けて身体を丸めた。

すると、彼もベッドの中へと入ってきた。

背後から優しく抱きしめられ、アンジェラは固まってしまう。

「こっちを向きなさい。アン」

「……は、はい」

穏やかに命令された途端、アンジェラの身体が妖しくざわめく。

彼女が寝返りをうって後ろを振り向くと、ライオードは仰向けになり、自分の左胸の上辺りを軽く叩いてみせる。

アンジェラがそこに頭をちょこんと載せた。

腕枕をしてやりながら、ライオードは彼女の頭を優しく撫でる。

あまりにも心地よくてアンジェラは目を細め、彼の腕の付け根に頬を擦りよせる。

ライオードの香りがぐっと強くなり、瞬く間にとろみのついた眠気がやってくる。

だが、こんな機会めったにない。寝てはなるものかと、アンジェラは必死に睡魔《すいま》と戦う。

それをまだ眠れないものと勘違いしたライオードが、どうしたものかと思案する。

「これでも眠れそうにないかね？」

「……う、いえ……その……はい」

寝るのがもったいなくて眠らないようにがんばっているのだとは言えない。

アンジェラは言葉を濁《にご》した。

「仕方ない——眠れないのは緊張しているからだ。緊張をほぐしてやれば寝られる」

ライオードが彼女のナイトガウンの裾を捲りあげて、中に手を差し入れてきた。

いきなりの大胆な行動にアンジェラは驚く。

「あ……おじ……さま？　何を……」

太腿の内側を指でつぅっとくすぐられ、アンジェラは慌てて太腿同士に力を込める。

しかし、すでにライオードの手は秘めやかな場所へと侵入していた。

「緊張をほぐしてあげよう」

コットンのショーツの表面で指を遊ばせると、柔らかなところを押さえてくる。

侵入を阻もうとアンジェラは足に力を込めるのに、ピアノの鍵盤《けんばん》を叩くかのように指を動かされると、それだけで力が抜けてしまう。

（あ……駄目……）

肉芽に振動が伝わり、アンジェラはびくんっと肩を跳ね上げて力を緩めた。

抵抗が弱まった隙に、ライオードの指がショーツの隙間から中へと滑りこんできた。

「っ！　っきゃ、あ……お、おじ……さま。そ、そこ……は」

アンジェラは小さな悲鳴をあげて、慌てて再び足に力を込める。

だが、すでに中に侵入した指がぬかるみをゆるゆると動き始めていた。

静まり返った室内にいやらしい湿った音がする。

「ふ……あぁ……や……んぅっ」

身体をぴくぴくっと初々しく反応させながらも、アンジェラは懸命に声を堪える。

だが、ライオードの指はアンジェラの感じやすいところをよく知っていて、絶妙なタッチで彼女の性感を引き出していく。

アンジェラは口元を覆うも、乱れた息に混じって艶《つや》やかな声が洩れ出てきそうになる。

ライオードに背後から抱きすくめられて、股間をいじられているため、彼の表情が分からないのも気にかかる。

「恥ずかしがらなくてもいい」

「そ……んなの。無理です。恥ずかしすぎ……です」

身体をわななかせて必死に羞恥に耐えるアンジェラにライオードが意地悪く囁く。

「――声を我慢しなくてもいい。もっと可愛い声を聞かせてごらん」

「いやぁっ。あ……や……んんっ！　おじ……さまの……意地悪。んんっ」

耳元で囁かれ、耳たぶを甘噛みされながら指で弄《もてあそ》ばれ――アンジェラはどうにかなってしまいそうだった。

すでに彼女の秘所は濡れそぼち、ライオードが少し指を動かすだけでくちゅりと淫猥《いんわい》な音を立てる。

「アンがそんな風にすると——もっと意地悪したくなるのだよ。もっと——いい声で啼かせたくなる」

熱い息を吐きながら、ライオードが鋭敏なしこりを親指でいじりながら、膣内へと指を挿《い》入れてきた。まずは人差し指、それから中指と指を増やしてくる。

「ンっ。っはぁ……やぁ……あ、ああ……中に……」

アンジェラの姫洞が指をきつく締めあげた。

その反応に目を細めながら、ライオードはもう片方の手で背後から彼女の乳房を二つまとめて鷲掴みにする。

「ひぁっ……や、あぁあっ！」

両方の頂を交互に摘ままれ弄ばれながら、股間をねちっこく責められ、アンジェラの嬌声はどんどんと熱を帯びてくる。

（あぁ……お尻のところに硬いものがあたっている。おじさまの……）

自然と腰が浮いてしまい、ライオードをねだるようにいやらしい動きになる。

このまま背後から貫いてほしい。あの晩のように征服してほしい。

そんな恥ずべき要求がこみ上げてきて、アンジェラを苛ませる。

ライオードの親指がクリトリスを押しつぶし、中に挿入れた二本の指がスクリューのように回転しながら奥を穿ってくる。

Gスポットを抉られた途端、アンジェラは激しく達しながら、勢いづいて恥ずかしいおねだりをしてしまう。

「あぁああ！　おじさまぁ、私……変に……なって。んんっ……おじさまの……あぁ……好きにして……ください。あのとき……みたいに！」

頭の中が真っ白になり、理性が吹き飛び、ずっとずっと心に隠してきた欲望が剝きだしになってしまう。

アンジェラはぐったりと身体を弛緩《しかん》させ、息を乱しながらライオードの返答を待つ。沈黙がつらい。やっぱりはしたない子だと思われただろうかと、アンジェラは泣きたくなってしまう。

しばらくして、ライオードは押し殺したような声で彼女に告げた。

「――今は駄目だ。今、私の好きにしてしまったら君が壊れてしまいそうだ。疲れが溜まっていると、歯止めが利きそうにないからな」

そう言うと、彼は彼女の首筋に唇を押し当ててくる。

「あ……」

アンジェラは切なげに目を細めて、ライオードの証《あかし》が刻み込まれるのを感じる。

前よりもずっと強く吸われているのを意識する。

（おじさまにだったら……壊されてしまってもいいのに）

「まだ眠れないようなら、もう一度可愛い声を聞かせてもらおうか」

ライオードがアンジェラのうなじから肩へとキスでたどり、襟首の辺りを舌で舐めてやりながら、再び股間に埋めた指を動かし始めた。

「あっ……そ、こも⁉　んっ……くすぐ……たい……んんっ」

襟足から肩甲骨《けんこうこつ》の少し上辺りにかけて舐められるだけでアンジェラは鳥肌立ってしまう。そんなところまで感じてしまうとはと驚きを隠せない。

ライオードは巧みな技で彼女自身が知らない性感すら開発していく。

新たに発見した性感スポットを舌でくすぐってやりながら、彼の指先がすでに硬くなった肉芽をこねまわしてくる。

「さすがにもう一度イけば眠れるだろう。すぐにイかせてあげよう」

耳元でそう囁きながら、少女を責める指を震わせた。

「っ！　っあぁあっ！」

振動がクリトリスと膣《ちつ》内とに同時に伝わった瞬間、アンジェラは声にならぬ声をあげ、喉元を仰け反らせながら力いっぱい目を瞑った。

子宮まで重い振動が伝わってくる。

ざらついた内壁が興奮にひくつき、ライオードの指に絡みついた。

「ああっ！　ま、またぁ……ん、んんっ」

「アン、イクのならイクと言いなさい。一番気持ちよくしてあげられるのでね」

切羽詰まった声を洩らすアンジェラの様子を見てとったライオードが振動を強める。

気持ちよくなって何も考えていられなくなる一瞬を「イク」というのだとアンジェラは

彼に教わった。

「は……い。あぁ……おじさまぁっ。あ、あぁあ……もうそろ……ん……はぁ」

姫壺の蠢《うごめ》きが活発になり、ライオードの指を外に押し出そうとする。

だが、それを上回る力でライオードはアンジェラの膣内を指で穿《うが》ち振動させる。

アンジェラの敏感な身体はライオードの責めを貪欲に貪り、天井知らずに昂《たか》ぶっていく。

「……ン！　い、イク……あぁあっ。おじさまぁあぁっ！」

アンジェラのイキ声に合わせ、ライオードは指責めのスパートをかけた。

中に挿入れた指を三本に増やして、一番奥に強い一撃を叩き込み、親指でクリトリスを潰してやる。

刹那、まぶたの裏が真っ赤に染まり、アンジェラはしなやかな肢体を硬直させる。

電流のような快感が一息に走り抜け、奥のほうから熱い奔流《ほんりゅう》が溢れ出て、ライオードの指とショーツとを濡らした。

恥ずかしい香りが辺りに満ちる。

次の瞬間、アンジェラの全身から力が抜けきった。

もう我慢も限界だった。

程良い疲労感と共に、強い眠気がアンジェラに襲いかかる。

寝てしまうのがもったいない――そう思い、睡魔に抗いながらも、アンジェラのまぶたはくっついて離れなくなってしまった。

ライオードのたくましい腕にすっぽりと収まり、彼女は安らかな寝息を立てはじめる。

あどけない寝顔を見つめながら、ライオードは彼女の頭を優しく撫でてやった。

彼女を翻弄していた指を引きぬいて、濡れた指を舐める。

そのとき、彼はベッドの横に置いてあるサイドボードを見た。

花瓶に飾られた大ぶりの薔薇の傍に写真立てが飾られている。

ライオードは手を伸ばすと、写真立てを伏せてから再びアンジェラの頭を撫で始めた。

思慮深い顔から憂《うれ》いを帯びた表情が消えることはない。

もう何年も沁《し》みついた表情で、地顔になっているといっても過言ではない。

アンジェラの安らかな寝息にライオードの深いため息が重なった。


朝、アンジェラが目を覚ますと、ライオードの寝顔がすぐ傍にあった。

仕事で先にいなくなってしまった聖クリスの朝とは違う。

アンジェラはにっこり笑うと、まじまじと彼の顔を間近で観察する。

彫りの深い顔には深い皺が刻まれているが、弛緩しているため、いつものような悩ましい表情はない。若いときはどんな美青年だったんだろうと、想像力を働かせる。

彼は、昨夜のシャツにスラックスという格好ではなく、ガウンをはおっただけという姿だった。はだけたところからよく鍛《きた》えられたたくましい胸板が見える。

そこでアンジェラは気づいた。

(昨晩、疲れていたのに、シャワーを浴びる前に私を寝付かせてくれたんだわ……)

ライオードの優しさに感謝するのと同時に申し訳ないとも思い、だからこそけして起こしてはならない――アンジェラはできるだけ身体を動かさないようにして、息すらひそめてライオードの寝顔を至福の笑みを浮かべて見守る。

最初に出会った日のこと、昨晩のことを思い出してしまい、頬が火照ってしまう。

アンジェラが誰にも見られたことのない姿、聞かれたことない声をライオードだけは知っている。二人だけの秘密。それは世間的にはとてもイケナイこと。

分かってはいても、胸の奥には炎が燃え盛る。

指だけでなくあの夜のように最後まで――という思いがつい過《よぎ》ってしまい、アンジェラは慌てて打ち消す。

(駄目よ。おじさまと私は年が離れすぎているし、義理でも親子となってしまったのだから。もうあんなことはけして起きない……神様にバチがあたってしまう)

そう分かっていながら、昨晩、ライオードに恥ずかしいおねだりをしてしまったときのことを思い出してアンジェラはうなだれる。

もしかしたら、もう手遅れなのかもしれない。

実際、アンジェラは何度も教会で聖クリスの祝日に起きたことを懺悔《ざんげ》しようとした。

が、どうしてもできなかった。

さっきまでの幸せな気持ちとは裏腹に罪悪感が肥大していき、アンジェラは切ない目でライオードを見守る。

だが、そんな彼女のシリアスな思いとは裏腹に外が騒がしい。

「……何かあったのかしら？」

アンジェラがライオードを起こさないように彼の胸の中から抜け出そうとする。

だが、ライオードが、不意に彼女の身体を力強く抱きしめてきて離さない。

てっきり起きたのかと思いきや、ライオードは規則正しい寝息を立てている。

アンジェラは抵抗をやめて、じっと彼に背後から抱きしめられたまま動かない。

「もうおじさまったら……私は枕じゃないのに」

口をとがらせてそう言いながらも、アンジェラは笑み崩れる。

寝ていて意識がないにもかかわらず、こうやって欲されるのはなんだかとても幸せな心地がする。

「いつもおじさまはダンディだけど……結構、甘えん坊だったりするのかしら？」

くすりと笑いながらアンジェラは彼の腕から逃れることを早々に諦め、抱きしめられたままでいることに決めた。同じ姿勢で動かずにいると、腕が痺れてきたりしてつい動きたくなってしまうが、じっと耐える。

こうやってライオードと一緒にゆっくり過ごせるなんて思ってもみなかった。

と、そのときだった。不意にベッド脇のサイドボードに彼女の目が留まる。

おおぶりな白い薔薇の傍にはなぜか伏せられた写真立てがあった。

アンジェラは不思議に思い、手を伸ばして写真立てを起こした。

「これは……」

写真立ての中には若い二人が輝かしい微笑みを浮かべていた。

結婚式の写真だとすぐに分かる。美しい女性が華やかな微笑みを浮かべ、その横の黒のフロックコートを着た男性も穏やかな笑みを浮かべている。

アンジェラは慌てて写真立てを伏せた。見てはいけないものを見たような気がして、心が乱れざわめく。

男性は若かりしころのライオードだろう。面影が残っている。

(隣の人は……奥様？)

さまざまな感情が入り乱れて、アンジェラを苛む。

ドクンドクン——と心臓の音が体内で反響する。

「……アンジェラ？」

刹那、突如耳元でライオードの声がして、アンジェラは身を硬くした。

「おじさま!?　お、おはようございます」

「おはよう。なんだか外が騒がしいな……」

「わ、私、様子を見てきます。静かにするように注意してきます。ライオードおじさまは寝ていてください。お疲れのようですし」

早口でまくしたてると、彼の腕の中から抜け出そうとする。

だが、ライオードは彼女を背後から強く抱きしめてきた。

「いや……大丈夫だ。問題ない。このままでいい」

「おじさま……」

少し経つと、再び寝息が聞こえ始めてきた。

アンジェラは胸を掻き乱されたまま、眉根をひそめて目を閉じた。


その日のブランチは――ひどく気まずいものだった。

誰も一言も言葉を発しない。

アンジェラが話題を振っても、すぐに二言三言で会話が終わってしまう。

後は、フォークとナイフとを使う音がかすかに聞こえてくるのみ。

ライオードのいかめしいしかめ面がそのブランチを象徴していた。

彼からは誰にも物言わせないような威圧感が漂っている。

（せっかくここに住むみんなが揃ったのに。とてもおいしい食事なのに……）

リイラがつくった料理は今日もどれもがびっくりするほどおいしかった。料理が得意なアンジェラですらかなわないと思うレベルのものばかり。

トリュフ入りの半熟のオムレットゥ、添えられた新鮮なサラダには上質のオリーブオイルがかけられている。焼き立てのパンも香ばしくてふわふわだ。

なのに会話がないだけでこうも味気ないものに感じるとは。アンジェラは悲しくなる。

豪奢な食堂の長テーブルについて行儀よく言葉少なにご馳走を食べるよりも、小さなダイニングでわいわいと会話をしながら食べる粗末な食事のほうがよっぽどおいしいと思う。

どういう訳か、アレクセイの機嫌は最悪のようだったし、そのせいでリイラもびくついているし、レオも仏頂面で黙々とパンを頬張っている。

「あの……」

アンジェラが小さな声で呟いた。

「なんですか？」

アレクセイがトゲのある声で返事をする。その有無を言わさない口調にアンジェラはたちまちしょげかえってしまう。

「いえ……なんでもありません」

再び、食堂がしんと静まりかえる。

（……私にできること見つかったかも）

アンジェラは心の中で一人決意する。

すぐに変えるのは難しいかもしれないけれど、いつかこの食卓を和気あいあいとしたものに変えてやる、と。

とりあえず、食後のお茶は自分に任せてもらおう。

カプチーノの上にスチームミルクでウサギを描いて笑いをとりにいこう。

そう決意する。

だが、手早く食事を済ませると、ライオードが口元をナプキンで拭いて立ちあがった。

「では、そろそろ出かける準備にかかる」

彼がドアの向こうに姿を消すと、硬直しきった空気がやや和らいだ感じがする。

アンジェラはひそやかな企みの矛先を失い、がくりとうなだれた。

(それにしても、どうしてなんだろう。おじさま、カフェ・ドゥ・リュヌにいらしているときはもっとくつろいでらっしゃったはずなのに……)

ここでの彼はまるで別人のようだった。

否、アンジェラを除く他人の前ではこうなのかもしれない。

アンジェラがしきりに首を傾げていると、アレクセイが彼女をじろりと見て言った。

「アンジェラ様、後でお話があります。一時間後に私の部屋まで来なさい」

「え？　は、はい。でも……今では駄目なのですか？」

「駄目です。本当ならば食事の前にすべき話でしたが――ライオード様の予定のこともありましたし控えていたのです」

皮肉気な笑みを口元に浮かべているが、その目は笑っていない。

アンジェラは彼の物言わぬ怒りを感じてぞくりとする。

「では、私もライオード様の準備のお手伝いに行って参ります」

アレクセイも席を立つと、ライオードの後を追って戸口から出ていった。

「なんであんなに怒ってるんだろ？」

アンジェラが思わず口に出して呟くと、リイラが何か言いたそうに口を開いた。

だが、困り果てたように眉をハの字にして口をつぐんでしまう。

代わりにレオが半目になってアンジェラを睨みつけると呆れた風にこう言った。

「おまえ、天然ボケも大概にしろよ？」

「な……」

確かに抜けているところはあるし、どちらかといえばドジなほうかもしれないが、こんなクソガキに言われる筋合いはない。

アンジェラが目を吊り上げ、何か反論しようと口をパクパクさせていると、レオはその隙に彼女の皿からパンを盗ってそのままダッシュで食堂から出ていってしまう。

追いかける気も失せてうなだれる彼女にリイラが紅茶を勧めてきた。

アンジェラはありがたくいただくと、いつもより多めに砂糖とミルクをいれて口をつける。ささくれた心がほんの少しだけ和らいだような気がした。

「まったく――貴女は何を考えているのですか……」

指定された時間通りに、アンジェラがアレクセイの部屋を訪れるや否や厳しく叱責《しっせき》され、彼女は縮こまってしまう。

傍にはリイラとレオが控えている。リイラはおろおろしているが、レオは機嫌の悪さをあからさまに態度に出していて、アンジェラを睨みつけては舌打ちしていた。

そこでアレクセイの口からすべてが明かされた。

今朝の騒ぎの原因は、アンジェラだったのだと。

朝になっても乗馬の訓練に現れないのを怪訝に思ったアレクセイがアンジェラの部屋まで迎えにきて、そこでもぬけの空のベッドを発見して「アンジェラがいない」と大騒ぎになったのだという。

アレクセイとリイラとレオとが、城中アンジェラを捜したらしい。

昼すぎになってライオードと一緒に起きてきた彼女を見て、全員が脱力したという。

そんな事情をライオードもアンジェラもまったく知らなかった。

その後、ライオードの予定に合わせてブランチを終え、彼が会議のためにコッツウォールを発ち、今に至る。

(さっきのブランチの雰囲気が重かったのも、私のせいだったのね)

アンジェラは自分の鈍さに嫌気がさしてしまう。レオの憎たらしい言葉にイライラしたが、まったくもって彼の言うとおりだった。

「すみません……配慮《はいりよ》に欠けていました」

「まったくですね。てっきり私の特訓《レッスン》が厳しくて嫌になって脱走したのかと思いましたよ」

相変わらず嫌味な言い方でアレクセイが言うと、メガネの向こう側からアンジェラを冷ややかな目で見た。

「そんな！　私、逃げたりしません。絶対に！」

「いつまでそう言っていられますかね？」

「恩を仇で返すようなことは絶対しません。それに……慣れればどんな仕事だって『普通』になりますから。ここでの毎日を私の『普通』にしてみせます」

ライオードの言葉を借りてアンジェラはアレクセイを真っ向から見据える。

アレクセイのほうが一〇近く年上だろうが、彼女はけして物怖じしない。

それがもしかしたらアレクセイには面白くないのかもしれない。

あからさまに不快そうに眉根を寄せると、彼女に言った。

「本当にライオード様のお考えが理解しがたい。よりにもよってこんな小娘をそういう相手に選ぶとは……なんら不自由はされていないはずなのに」

「……そういう相手って何ですか!?」

「そんな貧相な身体でよくライオード様の相手ができるものですね？」

「な……」

あまりもの侮辱にアンジェラは言葉を失う。

だが、そういう行為を一度とはいえしてしまった以上、反論できない。

ただでさえベッドの傍に飾られていた写真立てを見てしまって重たくなった気持ちがさらに重たくなる。

両手をきつく握りしめると、彼女は唇を噛みしめて俯いてしまう。

それをアレクセイは肯定と受け取ったようだ。もう一度、細いため息をつくと言った。

「そちらも私が教える必要があるようですね……まったく何から何までしつけなおさねばならないとは……先が思いやられます」

「そんなのっ！　結構ですっ！」

「貴女をどこに出しても恥ずかしくないレディに育てあげるようにとライオード様からのお達しなのです。嫌だと言われても厳しく調教しますから。覚悟してください」

一瞬、メガネが午後の強い日ざしを反射してギラリと光った。

サドっ気を剝きだしにしたアレクセイのまなざしに射すくめられ、アンジェラは硬直してしまう。

「とりあえずまずは身体をつくる必要がありますね。こんなガリガリの薄っぺらい身体ではいけない。もっと食事を摂らせ、女性らしい身体にしないと――」

アレクセイがアンジェラの目の前に立つと、腰に挿している乗馬用の鞭《むち》を引きぬいて、その柄の部分で彼女の顎《あご》をくいっと上向かせる。

「……何をおっしゃっているのか、私、分かりません」

「貴女をライオード様にふさわしい女に仕立てようというのです。飽きられて捨てられたくないのならば、素直に従うべきです」

鞭がアンジェラのささやかな胸をなぞるとそのままスカートのほうへと移動していく。

「……男をよろこばせる女に仕立ててあげますよ」

意地悪なことを耳元で囁かれ、アンジェラはびくんっと肩を跳ね上げた。

刹那、鞭をスカート越しに股間にぐっと押し込まれ、彼女はたまらず小さな悲鳴をあげると前屈みになってしまう。

「……っ!?　私、そんなんじゃありませんっ！」

「何が違うというのです？　同じベッドで二度も夜を共にして。何もなかったはずないでしょう？　どうやってライオード様を満足させたかは甚《はなは》だ疑問ですがね？」

「っ……や、めてください……」

怒りを声や表情に滲《にじ》ませたアレクセイが、鞭の柄を力任せにアンジェラの股間へと押し付けてくる。几帳面に整えられたオールバックが乱れている。

このまま彼の怒りがエスカレートしたら、レオとリイラが見ている前で、スカートを捲りあげられ、足を無理やり開かれ——鞭を中に挿入《い》れられてしまうかもしれない。

それだけは避けねば。

アンジェラは焦りと羞恥のあまり、頭の中が真っ白になってしまう。

と、そのときだった。

「ア、アレクセイ様……お許しください……何もこんな……あたしたちがいる前でアンジェラ様に辱《はずかし》めを受けさせなくても……」

今までずっと黙っていたリイラが、見るに見かねてアンジェラの元へと駆けよると、彼女を責める鞭を握りしめた。

「……リイラ？　私に逆らうというのですか？」

「も、申し訳ありません。ですが、アンジェラ様へのお咎めなら……あたしが代わりに受けますから。どうかもうこれ以上は……」

リイラを見下ろすと、アレクセイは小さく首を振って手を緩めた。

「駄目よ、そんなこと……悪いのは私なのに。リイラに迷惑かける訳には」

「いいえ、アンジェラ様、ここはあたしにお任せください」

「でも……」

「こういうの慣れっこですから」

リイラを気遣うアンジェラに彼女は微笑んでみせる。儚《はかな》そうで臆病《おくびょう》な彼女なのに、その笑みにはしたたかな強さを感じ、アンジェラは頷かざるを得ない。

アンジェラがなんと言おうともけして退かないだろう。結構、頑固なタチらしい。

「よいでしょう。リイラに免じて今回だけは許してさしあげます。ですが、今後騒ぎを起こせば、容赦《ようしゃ》なく教育的指導という名のおしおきをしますので覚悟してください」

「……分かりました」

ライオード以外の誰にもそういったことはされたくない。

アンジェラの気が引き締まる。

「では、リイラ以外は部屋に戻りなさい」

鞭の柄に巻きつけた革紐を解きながら、アレクセイは言った。

アンジェラは後ろを振り返り振り返り、部屋の外へと出ていく。

だが、ドアを閉めた後もその場を立ち去れずにいると、今まで黙っていたレオがぼそりと呟いた。

「リイラは大丈夫だっての。心配すんな」

「でも……」

「どんくさそうに見えるけど、ああ見えて結構強いし、それにアレクのことが大好きだしな。アレクも顔には出さねえけどリイラのこと気にいってると思うし」

「えええ？　そうなんだ？」

「他人のことばっか心配してんじゃねーよ。ばーか。もうちょっと自分の心配しとけ！」

あっかんべーっと舌を出すと、レオは走り去ってしまう。

その後ろ姿をアンジェラはきょとんと見送る。

ややあって、鞭の音と同時にリイラの呻き声が聞こえてきた。

その声には――愉悦のようなものが混ざっている気がして、アンジェラは早々にその場を立ち去った。

ライオード邸には、どうやら複雑な人間関係が渦巻いているようだ。


その夜――

アンジェラはリイラの部屋を訪れた。

夕方、黄金色のマドレーヌを焼いて、それを餌にレオからリイラの部屋の場所を聞きだしてやってきたのだ。

彼女の部屋は屋根裏にあった。ちょうど尖塔の頂にあたる。

古めかしい木のドアをノックすると、リイラが返事をしてドアを開いた。

まだシャワーは浴びていないらしい。メイド服を着たままだった。

「アンジェラ様!? なぜこのようなところに!?」

「ん、マドレーヌ焼いたから。一緒に食べたいなって思って」

アンジェラがマドレーヌをいれたカゴを見せると、リイラは目をまんまるに見開く。

「で、ですが……こんな狭いところですし……」

「私の部屋なんてもっと狭かったわ。お邪魔してもいい？」

「……は、はい」

リイラがおずおずと頷くとアンジェラを部屋に通した。

そこは確かに狭かったが、きれいに片づけられた居心地のいい屋根裏部屋だった。

アンジェラの部屋よりも空がずっと近く見える。

「まるで空に浮かぶ部屋みたい。素敵な眺め」

「あは……実はあたしもそう想像して楽しんでたりします」

「へえ、いいわね！　はい、これどうぞ！　リイラは料理が上手だから、私よりももっと上手につくりそうだけど」

アンジェラがマドレーヌを差し出すと、リイラがそれをおずおずと受け取った。

「ショコラショーもあるのよ！」

ティーコーゼをかぶせたポットを取り出すと、カップへと注ぐ。

アツアツのショコラショーが湯気を立てる。

「夜中にこんな甘いものって危険かもしれないけど、たまにはいいかなって。ダイエットは明日からってことで！」

アンジェラがウインクしてリイラにカップを渡すと、彼女はうんうんと力強く頷いた。

「ふぁ……おいしいですー。蕩けちゃいそー」

「ふふふ、よかったー。我ながら上手にできたかなって」

「ええ、幸せの味です」

口の中に濃厚な卵たっぷりのマドレーヌ生地の甘さがふわっと広がり、風味豊かなバターの香りが鼻を抜けていく。

二人はマドレーヌを頬張ってにっこりと笑い合う。

二つずつぺろっとたいらげて、ショコラショーをすすりながら満足そうなため息を放った。

「はー、イケナイことってどうしてこんなにわくわくしちゃうんだろう。真夜中にこーんな甘いものいっぱい食べちゃって。でも、満足……後悔してない」

「さあ、どうしてなんでしょうね……困りましたね」

それきり二人とも黙ってしまう。夜空に輝く星をじっと見つめたまま、それぞれの思いを馳せる。

ややあって、アンジェラが口を開いた。

「あの、今日はごめんなさい。私のせいで――私を庇《かば》ってくれて……」

「いいえ、慣れっこですから」

幸せそうに笑み崩《くず》れるリイラ。アンジェラのことを気遣って無理に嘘をついている風でもない。レオの言葉と彼女の艶めいた呻き声とを思い出して、アンジェラの頬がかぁっと熱くなる。

「……むしろ、アレクセイ様のこと……本当にすみません。普段はあそこまで厳しい方ではないのですが……たぶん……おそらく……きっと？」

リイラは、彼を庇うが、自信なさそうに言葉尻はしぼんでしまう。

その様子がおかしくて、アンジェラは吹き出してしまう。

「ううん、だって今朝は私が悪かったんだもの。まさか、そんな迷惑をかけているとは思ってもみなくて。アレクセイさんが怒っても仕方ないわ」

「でも、あれはさすがにやりすぎです。あんなこと女性にするなんて……どうかしてます」

今度は憤慨《ふんがい》したようにリイラは言い切る。わずかに嫉妬じみたニュアンスを感じ取り、アンジェラは単刀直入に彼女に尋ねてみた。

「リイラってアレクセイさんのこと好きなの？」

「っ!?　え、えええええええええええっ!?　な、なんですか。いきなり!?」

リイラの取り乱しようから、アンジェラはレオの言ったことが確かだと知る。

「かっこいいしね？　頭もよさそうだし。ちょっと厳しすぎるけど」

「……うぅ、ああ見えて優しいところも結構あるんです」

「リイラには優しいのかな？　何かうまく付き合うコツとかってあるの？」

「いや、それは――ちょっと特殊な事情が絡んでいるからだと思います。アンジェラ様のせいではなく」

気まずそうに視線をさまよわせると、リイラは言葉を濁した。

「特殊な事情って？」

「……五年前から、お屋敷から団欒《だんらん》が失われました。今日のお昼もそうでしたでしょう？」

「あれは私のせいではないの？」

「違います。いつもあんな感じです。寒々しい食卓……。どれだけ料理に腕をふるっても、素敵な薔薇を摘んで飾ってみても――誰もにこりともしません」

「そうだったの……」

アンジェラはそれ以上深入りして聞かない。リイラの気まずそうな表情から、それ以上は触れてはならないと感じる。

だが、しばらくの沈黙の後、リイラが明かした。

「実は、五年前、ライオード様の奥様が亡くなられたんです」

「………」

あの写真立ての女性のことだ。アンジェラは、はっとする。彼女はもうすでに亡くなっていたのだ。

ライオードの陰ある表情はそのせいだったのだと知る。

「それ以来、ずっと――ライオード様はあんな風になられて。たぶん、ずっと奥様のことが忘れられないのでしょう。それはそれは素敵なご夫婦でしたから」

「そう……」

アンジェラの胸に痛みが走る。彼女は真顔になると、切ないため息を一つついた。その横顔をリイラが見て、同じようにため息をつく。

しんと辺りが静まり返る。二人の顔を青白い月光が照らし出していた。

しばらくして、リイラがぽつりと呟くように尋ねた。

「アンジェラ様はライオード様のことがお好きなんですね？」

「…………」

リイラのまっすぐな質問にアンジェラは返事を躊躇《ためら》ってしまう。

(好きって言っても……むしろ憧れていて、慕っているというほうが正しいんだから)

いつも自分に言い聞かせているのと同じことを口にしようとする。

だが、いつまで経ってもその言葉は口から出てこない。

すると、沈黙を拒絶と受け取ったリイラが申し訳なさそうに頭を下げた。

「す、すみません。あたしの勘違いでしたか。変なこと言ってすみません」

「ううん、違うの。どうなんだろうって……私、自分の本心が分からなくて。ただ、ずっとライオードおじさまみたいな素敵な人がパパだったらいいのにとは思ってたの」

アンジェラは切なげに目を伏せる。

リイラは相槌を打ち、彼女の言葉を静かに待つ。

言おうか言うまいか、アンジェラは悩む。ずっと一人で悩んできたことをリイラに打ち明けてみるべきだろうか？

しばらく悩んでから、彼女は意を決して自嘲めいた笑いを含んだ言い方で打ち明けた。

「だって、私とおじさまは年が離れすぎているし。大体、義理の親子になったのに変でしょ。男女の好きとかって……絶対に許されないことだもの」

言葉が震えてしまう。

「変ですか？　別に変なこととは思いませんけれど？」

「え？　ほ……ほんとに？」

「はい、だってライオード様はとても素敵なお方ですし。頼りになるお方ですし」

「そうよねっ！　分かってくれる⁉」

リイラの両手をがしっと掴むとアンジェラは目を潤ませる。彼女の勢いに気圧されながらも、リイラはその手を握りしめ返した。

「年とかそんなの関係ないです。好きになったら好きになったで仕方ないですもの。恋って理屈じゃないですし」

「……うん。そうだよね。すっごくよく分かる。あぁ……もう……リイラ、ありがとう！」

誰かに本心を打ち明けるのは初めてだった。自分自身ですら本心から目を逸らそうとしていたのに。

素直な気持ちを口にするのが怖かった。てっきり非難されるものだとばかり思っていた。だけど、リイラに認めてもらえた途端、アンジェラの目からボロボロと涙が零《こぼ》れる。

彼女は感極まってリイラを抱きしめた。

その背を軽く叩いてリイラは言った。

「お互いがんばりましょう」

「でも……がんばっちゃっていいのかな？　諦めなくちゃって思ってたのに……」

「いいんだと思います。だっていったん火がついたら止まれませんもの」

リイラは自分に言い聞かせるように胸の前で手を組むと目を閉じる。教会で祈りを捧げているかのようだ。彼女の言葉にアンジェラは励まされる。

「うん……そうだね。やれるだけやってみるしかないか」

「だと思います。なんだか……心強いです。味方というか同志がいるって……。って、すみません。あたしはただのメイドですのに……」

「ううん、友達になってくれたらうれしいな。様づけもできたらやめてほしいし」

「ですが……」

「せめて二人きりのときはアンって呼んでもらえるとうれしいな」

「……は、はい」

戸惑いながらもリイラは頷いた。

アンジェラが微笑みかけると、頬を染めた彼女が居心地悪そうにもじもじする。

「ど、どうしましょう」

「ん、何が？」

首を傾げるアンジェラの耳元に口を寄せると、リイラは重大な秘密を打ち明けるかのような口調で言った。

「実はあたし……お友達って初めてなんです」

「ええ!?　そうなんだ」

「はい、物ごころついたときからこちらのお邸《やしき》で働いていました。レオも同じです。あたしもレオも両親がいないので」

「そうだったの……」

パリシア国は貧富の差が激しい。恵まれた環境に生まれる子はごく一部。

アンジェラも母一人、子一人の家庭で、けして暮らしが楽だったワケではないので、みなしごの二人の苦労は想像がつく。

ますますリイラに親近感が湧いてくる。

もっと彼女のことを知りたい、仲良くなりたいとアンジェラは思った。

「そうそう、あたしは親の素性を知らないし、なんのとりえもないんですが、レオのご両親は音楽家だったみたいで、ピアノがすっごく上手なんですよ」

「へえ、そうだったんだ。知らなかった」

「時々、こっそり弾いてますよ。みんながでかけているときとかに」

「聴いてみたいなあ。でも、お願いしても弾いてくれないでしょうね。天《あま》の邪鬼《じゃく》だし」

「あは、そうですね。あんなに上手いんだから堂々と弾いたらいいのに」

「せっかくの神様からもらった才能なのにもったいない。神様からいただいた才能は、みんなでシェアすべきものなのにね」

「ええ」

「二人とも学校へは行っていないの？」

「はい、学校には行ったことはありませんが、その代わりアレクセイ様からいろいろと教えていただいてます……」

　リイラは頬を手で押さえると、目を伏せる。

　アンジェラがにぃっと笑い、身を乗り出してジト目になると彼女へと尋ねる。

「ねね、いろいろってどんなことー？」

「や、やだ……アンジェラ様、それはちょっと……。ふ、普通に……読み書きとか……計算とか……」

　面白いほど、リイラはうろたえまくる。

「だから様付けはやめてちょうだい？　友達同士では変だもの」

「あう、す、すみません。友達って……そうなんですね……」

　噛みしめるように言うと、はにかんだ。

「で、白状しちゃう？　アレクセイさんから何を教えてもらったの？　読み書き以外にもいろいろあるんでしょ？」

　アンジェラがによによと笑いながらリイラを小突くと、彼女は首を勢いよく左右に振って耳まで真っ赤になる。

「えええーっ!?　だ、駄目っ、駄目ですって……恥ずかしすぎます」

「ふぅん、恥ずかしすぎるようなこと教えてもらってるんだ？」

「ううっ、そ、そ、そ、それは……あ、アンジェラ様だって、今朝……ライオード様のお部屋で……」

負けじと意味深な視線をちらちらとくれてくるリイラに、今度はアンジェラが焦りまくる番だった。

「ち、違うわよ。ライオードおじさまにとって私はただの抱き枕みたいなもので！　って、うぅ、なんか言っててへこんでくる……」

「す、すみません。そういうつもりじゃなくて！」

リイラが平謝りしてきて、はたっと二人の目が合う。

お互いの必死すぎる姿に思わずぷっと吹き出してしまう。

二人の笑い声が屋根裏部屋に重なり合って響いた。

第三章　彼の書斎、愛の印をつけられて

リイラがアンジェラのことをアンと呼ぶようになり一カ月が経った。

友達兼同志を得たおかげでライオードとなかなか会えない寂しさが紛れ、アンジェラが母セミューザへと出す手紙にも、空元気ではない本来の元気さが蘇りつつある。

二人は時間を見つけては互いの部屋を訪れて本を読んで過ごしたり、恋の話をしたり、手芸をしたりしてまったりと過ごす。もちろんとっておきのお菓子とお茶もかかせない。

アンジェラがライオードに手紙を書くときには一緒にその文面を考え、逆にリイラがアレクセイへアタックする際にはアンジェラが協力したり。

たった一人の友達ができただけで、彼女の四面楚歌《しめんそか》の状況ががらりと変化した。

アレクセイの厳しいレッスンにも慣れ、コッツウォールでの毎日がようやく彼女の「普通」へと馴染んできた。

そんな日曜の朝早く、アンジェラとリイラは連れだって村の教会へと向かっていた。日

曜の礼拝に出るため――という大義名分によってアレクセイから休日を勝ち取ったのだ。

コッツウォールにやってきて初めての休日に、アンジェラはわくわくするあまり、昨晩はなかなか寝付けなかったほどだ。

「ねね、朝市やってるんだって？」

「ええ、アレクセイ様にお使い頼まれたわ。新鮮なお野菜たっぷり仕入れなくっちゃ。あとハムやソーセージもね」

リイラのアンジェラへの態度もすっかり硬さがとれている。

無論、口うるさいアレクセイの前以外では、という条件つきではあるが。

「朝市もだけど蚤の市《ブロカント》もオススメよ。礼拝の後、朝市にいってランチをとってから蚤の市にも行きましょ」

「賛成っ！　蚤の市、宝探しみたいで大好きっ！　掘り出し物が見つかりますように！　お給料貯めておいたの持ってきちゃった。いいお土産も見つかるといいな」

「あたしは、クッションの飾りにビーズとレースが欲しいの」

二人はきゃあきゃあとおしゃべりしながら、ブーツやスカートが朝露《あさつゆ》に濡れるのも構わず、道をショートカットして村に向かって草むらを駆け下りていく。

コッツウォールは小さな村だが、自然に恵まれ色とりどりの花が咲き乱れた美しい村だ。気候も穏やかで農業が盛んで住みやすいせいか、生まれた時から死ぬときまで村から出ない村人たちも多い。ゆえに、皆、顔見知りといっても過言ではない。

都会とは違うゆったりとした時間が流れ、質素ながら豊かな暮らしが営まれている。いつも仕事と時間に追われているライオードにとって、ここは心休まる場所なのだろう。

やがて、二人は教会へとついた。

すでに村人たちの姿がちらほらと見える。

アンジェラたちも教会の中へと入っていくと一番前の席へと座った。

「すごく可愛い教会ね」

「ええ、薔薇《ばら》窓が素敵でしょ」

リイラがまるで自分のことを褒められたように誇らしげに言った。

村の中央にあるこぢんまりとした教会には、聖母像の背後に大きな薔薇窓――ステンドグラスによる円形の窓が荘厳《そうごん》な輝きを放っていた。まるでカレイドスコープのようで、アンジェラは見惚れてしまう。

しばらくして、長く白い髭《ひげ》を顎《あご》に蓄《たくわ》えた牧師が壇上に現れると、パイプオルガンの演奏が始まった。讃美歌を歌い牧師の説教を聞いてから主の祈りが始まる。

アンジェラは胸の前で両手を組んで祈った。

(どうか神様、ライオード邸に笑い声が戻ってきますように)

もちろんただの神頼みにするつもりはない。アンジェラには秘策があった。

朝市で新鮮な野菜や卵に肉をどっさりと買いこんで――蚤の市ではちょっとした小物や可愛らしい生地やアンティークビーズなんかを買い求め、夕方アンジェラたちがライオード邸へと戻ってくると、ライオードが出先からちょうど戻ったところだった。

彼は、ノーネクタイで灰鼠色のジャケットの下にはニットを着こんでいる。いつもとは違ったラフな着こなしが新鮮だ。洒落たポインテッドトゥシューズがラフさを引き締めている。

三週間ぶりのライオードの帰宅にアンジェラの胸が躍る。

「おかえりなさいませ。ライオードおじさま！」

「ただいま、アン、ちょうどよかった」

アンジェラが彼の前まで駆けていくと、スカートの端を摘まんで優雅に礼をしてみせる。

アレクセイの教育の賜物《たまもの》か、以前よりもずっと洗練された彼女の所作にライオードは満足そうに頷いた。

すると、彼の後ろから一人の女性が現れ、アンジェラに微笑みかける。

とても綺麗で大人びた女性で、アンジェラは身構えてしまう。

「アン、紹介しよう。彼女はクク・シャナ。有名なデザイナーだ」

恋人として彼を紹介されたらどうしようと思ってしまっただけに、アンジェラは心底胸を撫で下ろした。

「はじめまして、アン。お話はいつもオーナーからうかがっているわ」

ククがアンジェラに会釈した。アンジェラも我に返って慌てて会釈を返す。

ククは大きなツバのついた上品な帽子をかぶっている。帽子には大きな羽根が大胆に留められている。

パリスの淑女の間で大流行している型の帽子だと、アンジェラはすぐに気づく。ホテル・ライオードのロビーでもこの型の帽子をかぶった女性を何人も目にした。

メリハリのついた身体つきに真っ赤な口紅がセクシーだ。彼女が着ているのは、身体のラインがはっきりとわかるブラックフォーマルのワンピースだった。

ライオードとククは洗練されたファッションが目をひく大人の美男美女で一緒に並んで立つだけで絵になる。アンジェラの胸がちくりと痛む。

だが、アンジェラはその気持ちを打ち消し、ククとの会話に集中する。

「素敵なお帽子ですね。よくお見かけします。もしかしてククさんって……マルス大通りにある……」

「ああ、そうだ。よく知っていたね。ククは『ミス・クク』というブランドを立ちあげたデザイナーだ。マルス大通り店は本店で、今は世界中に支店を持っている。今日は、彼女に君のドレスを作ってもらおうと思ってお招きしたんだ」

「ドレス……ですか？」

「あぁ、君を私の養女として披露するパーティーを開くのでね」

「え、えええ!?　パーティーですか？」

「そうだ。アレクセイから君の報告は聞いている。毎日、なかなかよくやってるそうだな。ダンスの腕前も上達したと聞いた。もうそろそろ大丈夫だろう」

「……は、はい」

アンジェラがアレクセイを見ると、彼は眉間に皺を寄せて神経質にメガネをかけ直して目を伏せる。その横でリイラがいたずらっぽく笑って肩を竦《すく》めてみせる。

「パーティーに招くのは私の得意先だ。早くから皆に顔を覚えてもらっておいたほうが、何かと今後の仕事を進めやすくなる」

彼の言葉の「今後の仕事」という言葉がアンジェラは気にかかる。

得意先にあらかじめ紹介しておいたほうがいいと思えるほど重要な仕事をいずれアンジェラに任せようというのだろう。ライオードの仕事についてあまりよく知らない彼女にも、とても大事なパーティーなのだということだけは分かる。

（このパーティー、絶対に失敗できない。ライオードおじさまに恥をかかせられない）

にわかに緊張して胃の辺りがしくしくと痛み始める。

だが、ライオードの期待には応えたい。

彼女の脳裏には母がいつも口癖《くちぐせ》のように言っていた言葉が蘇っていた。

やるだけやってみるしかない。全力を尽くせばけして後悔だけはしないから――

「では、食事の後、早速採寸にとりかかってもらおう」

「ククさんもお食事されていくんですね！」

アンジェラが目を輝かせると、うれしそうに両手を叩いた。その手放しの喜びようにククは微笑み、アレクセイは逆にいぶかしむ。

リイラとアンジェラは互いに目配せをすると、改めてククに丁寧に一礼してキッチンへと足早に向かった。

常々二人はライオード邸の食卓改善計画について語り合っていて、タイミングをはかっていたのだ。

決行は今日——言葉にはせずとも、二人の思いは一つだった。


いつも食事をつくるのはリイラの役目だが、今日はアンジェラも手伝っていた。

エプロンをつけた二人が、キッチンをせわしなく行き来するのを戸口に寄りかかって注視しながら、アレクセイがアンジェラに尋ねた。

「……何を企んでいるのですか？」

「え？　ただせっかくのお休みだからご馳走をつくろうと思ってるだけです。いつもリイラに作ってもらってばかりじゃ悪いですし。こう見えて、私、結構料理も得意なんですよ？」

マッシュポテトを横からつまみ食いしようとするレオの手をぺしっと叩きながら、アンジェラが清々しい笑顔で答える。

アレクセイは腕組みをして、中指でずれたメガネの中央を押し上げながら、アンジェラたちの挙動の一つひとつを見逃すまいと目を光らせる。

そんな彼にアンジェラが尋ねた。

「そうだ！　アレクセイさん、ククさんのこと、いろいろ教えてくれませんか？」

「なぜ、その必要があるのですか？」

「だってお客様をもてなすには、まずお客様のことを知らないと。お料理で何か苦手なものはないのかとか？　お好きなものは何かとか？　せっかくいらしてくださったんだもの、精いっぱいおもてなしして喜んでもらえたらなって」

「ほう、確かに……」

アンジェラの言うことには筋が通っている。

アレクセイは彼女を警戒《けいかい》しながらも、ポケットからメモ帳を取り出して目を走らせた。

「彼女の出身は――南西のオーヴェル地方ソニワール出身。孤児院で育てられた後、バーで歌姫として活動。孤児院のときの裁縫経験から帽子をつくってみたところ、それがバーの客の間で話題となりパトロンがつき、帽子店を開いたのがきっかけで洋服も手掛けるようになり、そのデザインが評価され一躍有名デザイナーとして名を馳せている……とのことです」

「ありがとう。なるほど……ソニワールの郷土料理は確かキッシュだったかしら。カフェのお客さんにソニワール出身のおじいさんがいたっけ」

「わあ、アン。すごい！」

リイラがアレクセイの前であることを忘れていつものように喚声をあげ、彼に鋭く睨《にら》まれてしまう。

「……アン？　リイラ、なんです。その呼び方は」

「す、すみません……」

すかさずアンジェラが彼女を庇いに入る。

「いいの！　アンって呼んでちょうだいって言ったのは私だし。アレクセイさんもできればそう呼んでちょうだい」

「なっ……そういう訳には参りません」

「もう、ほんと硬いんだから」

アンジェラが肩を竦めてみせると、リイラが力強く頷いた。

その様子を見たアレクセイは咳払いをすると回れ右をしてキッチンの外へと出ていった。

それを見て、またアンジェラたちは笑い合うのだった。


「このキノコのキッシュとってもおいしいわ。私の好物をよくご存じね」

「ソニワールにお住まいだったと聞いたもので、もしかしたらお好きかなと。あそこは湖が多くてとても美しいところらしいですね」

「ええ、本当によくご存じだこと。お知り合いでもいらっしゃるの?」

「以前働いていたカフェでソニワール出身のお客さんがいらして。よくお話を聞いてました。私の母はそのカフェの歌姫なんです」

「まあ、そうなの。どちらのカフェ?」

「ラヴァーナ広場からは少し離れているんですが、カフェ・ドゥ・リュヌというところです。少し奥まったところにあるので分かりづらいかもしれませんが」

「まあ、私の本店の近くね。今度うかがわせていただくわ。貴女のお母様の歌もぜひ聴いてみたいし」

「ありがとうございます! 母にも申し伝えておきますね!」

「私も昔、歌手を志したことがあったの。歌は好きなのよ。残念ながらそっちの道は挫折してしまったけれどね」

「でも、そのおかげでこんなに素敵なお帽子が生まれたんですよね? ラヴァーナ広場でも、そのお帽子を身に着けた方をたくさん見かけますし」

「あら、ありがとう」

今日の夕食は、いつもの寒々しいものとはまるで違っていた。

アンジェラがリイラと一緒につくったキッシュから話がどんどんと広がっていき、瞬く間に彼女はククと打ち解けてしまう。

事前に得た情報をうまく会話に組み込みつつ、アンジェラはオープンに自分のことも包み隠さずに話す。

最初から笑い声が絶えず、和やかな雰囲気が食堂に満ちていた。

これぞアンジェラの秘策だった。人は朱に交われば赤くなるもの。

来客があった際などに、ここぞとばかりに会食を盛り上げて、その色にライオードたちを染めていくつもりだったのだ。

最初はそれが「普通」ではなくても、だんだんと「普通」になっていくもの。

アンジェラはライオード邸の食卓の「普通」を変えていきたかった。

ククとアンジェラの気があうのもあり、食事を始めて十五分後には、すでに二人は初対面とは思えないほど親しくなっていた。

アレクセイは信じられないという風な目でアンジェラを見ていたが、ライオードは誇らしそうに小さく頷いていた。まるで自分の目は確かだったと確信するかのように。

「ライオードおじさま、本当にありがとうございます。ククさんをお招きいただいて。どちらで知り合われたんですか？」

「ああ、うちのホテルでお得意様相手に帽子と服の展示会を開いてもらっていてね。ミス・ククのデザインはとても喜ばれる」

「ありがとうございます。いつもオーナーにはお世話になっていますわ。私がまだ売れてない頃からお声をかけてくださっていたし」

「絶対に売れると確信していましたから。人を見る目だけはあるつもりでいます」

「それはそうでしょう。でなければ、あんなにたくさんのホテルを持てませんでしょうし。そう言っていただけてうれしいです」

「ククさん、私もカフェでおじさまにスカウトされたんですよ」

「まあ、そうだったの！　やっぱりオーナーは人を見る目がありますわね」

アンジェラはククと二人きりで盛り上がるだけでなく、時折ライオードやアレクセイたちにも話題をふりつつ会話をリードし、リイラの手をかりつつ食事のサーブのタイミングも絶妙にコントロールしていく。

その甲斐《かい》あって会食は和やかに進んでいった。

やがて、デザートになり、チョコレートムースが並べられた。

真っ白な皿の上にココアパウダーが円状にふりかけられ、その一回り小さな半球状のムースが丸い面を上にして置かれている。

そのムースには飴細工《あめざいく》の羽根飾りが添えられている。

「素敵っ！　これ、もしかして私の帽子をイメージしてくださったの？」

「はい、本物には遠く及びませんけど、特に飴細工が難しくて。羽根飾りに見えなかったらすみません。少し曲がっちゃっていますよね」

「いいえ、ちゃんと分かるわ。本当にありがとう。とてもうれしいわ。食べるのがもったいないくらい。このお帽子は私にとって特別なものなの。初めて売れた帽子だもの。初心忘れるべからずという想いでつけているの」

ククの目にはうっすら涙が浮かんでいた。

「カプチーノもククさんのものには帽子を描いてみました」

アンジェラが、慣れた手つきで銀のトレーからソーサーをとるとククの斜め前に置き、ティースプーンを添えてからカップを置いた。

カプチーノの表面にはスチームミルクとココアパウダーとで帽子が描かれている。

「本当に器用なのね」

「あは、これは特訓の賜物です。私、ほんとはとっても不器用なんです。最初なんて何描いてるんだかまるで分からないってお客さんに笑われてましたし」

「ふふ、ガンバリ屋さんなのね」

「母が頑固なもので、そのせいかもしれませんね」

どういう訳か、アンジェラは全員分のカップを置き終わってから、ライオードのカップを置きにいく。

アレクセイが険悪なまなざしを彼女に向け、口には出さずに非難していた。

普通ならば、食客であるククの後、主人のライオードからサーブすべきもののはず。

現に、料理の提供はすべてそうしていた。なのに最後に限ってなぜ!?

アンジェラも彼の非難のまなざしに気づいていたが、敢えてそれを無視し、涼しい顔でライオードの前にカップを置いた。

それを目にした瞬間、ライオードが目を見開き、ククとリイラはたまらず吹き出してしまった。彼のカップにはクマの絵が描かれていた。それもただのクマではない、口が×印になったそれはそれは可愛らしいクマの絵だった。

あまりにもそれがライオードのイメージとかけ離れていて、ククたちは必死に笑いをこらえようとするが、不意をつかれたものでどうにもこらえることができない。

なのに、アンジェラはただ一人涼しい顔をして何事もなかったかのように振る舞っている。それがまたおかしくて、笑ってはいけないと思えば思うほど、ククたちの肩は派手に震えてしまう。

一瞬、ライオードが渋面を浮かべる。

アレクセイが主を侮辱《ぶじょく》するのは許さないとばかりに、こめかみをひきつらせてアンジェラとリイラをきつく睨みつけた。

だが――

ライオードは何食わぬ顔でカプチーノに口をつける。

スプーンでクマの絵を壊してしまうことなく、崩れないように気をつけながら。

前にアンジェラが彼にウサギの絵のカプチーノを出したときと同じように。

信じられない思いでアレクセイが目を見開いた。

だが、すぐに真顔に戻ると、彼は涼やかな声でライオードに申し出た。

「……その、差し支えなければ……ライオード様、そちらのカプチーノ、私のものとお取り換えしましょうか？」

「いや、その必要はない」

「そ、そうですか」

アレクセイは首を傾げながら引きさがる。

そのやりとりの様子がまたおかしくて、ククは目尻に涙を浮かべて申し訳なさそうに笑っていた。

アンジェラはそれを見てにっこりと満足そうに笑うと自分の席に戻り、チョコレートムースを頬張った。

デザートを食べた後は、ピアノが置いてある部屋に移動して、アンジェラはレオにピアノを演奏してくれるように水を向けてみた。

最初は嫌がっていたレオだが、ライオードやアレクセイの手前もあり——また、客人であるククが「ぜひに」と頼みこんだため、渋々承知して首を縦に振った。

初めてみんなの前で弾くらしく、レオは緊張していたが、演奏を始めるとすぐに演奏に没頭して脇目も振らずにピアノを弾き続けた。

彼のレパートリーは実に幅広かった。

クラシックなピアノ曲があったかと思えば、ジャズを演奏してみたり。

しかも、すべて諳《そら》んじているようだった。

演奏に没頭するレオの顔は興奮のあまり紅潮していた。

やがて、彼はみんなのリクエストにも応じるようになった。どんな曲をリクエストしても、レオはすべて演奏できた。

レオがこんな才能を持っていたなんてみんな知らなかった。

みんなが知っている曲を確認し、アンジェラはククとリイラとを誘って歌を歌い、楽しいひと時を過ごした。

ソファに座ったライオードは、ワイングラスを片手に目を閉じて歌とピアノ演奏とに耳を傾けていた。その表情はいつになく穏やかだった。


夜遅くまで歌って笑って楽しんで——アンジェラはククに勧められて、勢いあまってワインを呑んでしまった。

生まれて初めてのワイン。喉がかっと焼けるような感覚を覚えた後、眩暈がして……それから先のことはよく覚えていない。

心配そうに顔を覗き込んでくるライオードの姿、ゆらゆらと何かに揺られる感覚がとても心地よくて、深い闇の中にアンジェラは沈んでいった。

どのくらいそうしていただろう。

ひっきりなしに頭蓋をハンマーで叩かれているかのような痛みを覚え、アンジェラは小さく呻《うめ》き声をあげた。

「ン……」

重いまぶたをゆっくりと開くと、見慣れた天井がある。

アンジェラは自分のベッドに寝かされていた。会食のときに着ていたよそいきのワンピースではなく、きちんとナイトガウンに着替えさせられている。

ぼんやりと周囲を見回すと、アンジェラが気にいっている揺り椅子にライオードが座っていた。丸テーブルにはワインのボトルと中身が入ったグラスと水差し、それに大量の書類が置かれている。

ライオードはメガネをかけて、それらの書類に次々と目を通しては、銀色のペン軸に赤い石のついた万年筆でサインをしていく。

アンジェラはドキドキしながら、彼が仕事をする様子を窺っていた。

よほど集中しているらしく、ライオードはアンジェラが目を覚ましたことに気づかない。

しばらくして、眉間を指でつまみ目をしばたたかせた後、ようやく彼女に気づいた。

彼は椅子に座ったまま、アンジェラに声をかける。

「アンジェラ？　気がついたか。気分はどうだね」

「最悪です……頭が割れそうに痛いです……」

「二日酔いだな。ワインは初めてだったのだろう？」

「はい、ちょっと調子に乗りすぎちゃいました。あんまりにも楽しくて……つい……」

アンジェラは申し訳なさそうに頭を垂れ、シーツを頭から被ってうずくまってしまう。

「まあ、今後、ああいった付き合いも増えてくるだろうし、酒が飲めるにこしたことはない。徐々に馴らしていくといい」

「分かりました。でも……その」

シーツの隙間からライオードを見ると、アンジェラは今にも消え入りそうな声で言った。

「どうした？」

「わ、私、なんか変なことしてませんでしたか？　酔った人間がとんでもないことをやらかすというのは……知ってます。たまにカフェのお客さんでもそういう人がいましたし」

もしや、あんなことやそんなことをやらかしたかもしれない。

彼女は、酒に酔った客の痴態《ちたい》の数々を思い出して、自分もよもやそんな醜態《しゅうたい》をさらしたのではないかと思いいたった途端、強い不安に駆られる。

「ふむ、そうたいしたことはしていなかった。やたら周囲に絡んでいただけで。あの程度ならば可愛いものだ。何も問題ない」

「絡んでいたって……誰にですか？」

「あの場に居合わせた全員にだが？」

「えええ？　あ、アレクセイさんとかレオにも……ですか？」

「ああ」

リイラとククとライオードに絡んだのならまだ分かる。

だが、よりにもよっていつもちょっかい出してくるレオや鬼執事のアレクセイにまで絡んでしまったとは。二人の迷惑そうな顔がアンジェラの脳裏にありありと浮かぶ。

「あぁぁあああああっ、うぅ、す、すみません。本当に……もう……なんで私っていっつもこうツメが甘いんでしょう。嫌になる……」

「ツメは甘くとも、上出来だと思うがね？」

「本当ですか？」

ライオードの返答に、アンジェラはにゅっとシーツの中から顔だけ出して尋ねた。

「ああ、やっぱり私の思ったとおり、君はセンスがいい」

「センス……ですか？　よく分かりません。ククさんじゃあるまいし……」

「私が言っているのは人づきあいのセンスだ。君には場をつくる能力《ちから》がある。ムードメーカーといおうか。それはそうそう誰もが簡単に真似できるものではない」

アンジェラをじっと見つめて諭すように言ってきかせるライオードに、アンジェラはぽつりと呟いた。

「そうでしょうか？　私はただ喜んでもらいたいだけなんです。そしたら、私も楽しい気持ちになりますし……」

「それがいい。その誠意は必ず相手に伝わる。ミス・ククはとても喜んでいたよ。あんなに楽しそうな彼女を見たのは初めてだ」

「喜んでもらえて本当によかったです。ククさん、本当に素敵な人ですね」

「そうだな。彼女はとてもチャーミングだ。人を惹き付ける力がある」

「…………」

自分からククを褒めたのに、ライオードが同意を示した途端、アンジェラはむぅっと唇を尖らせる。彼女は再びシーツを頭からかぶってしまった。

「アンジェラ、どうした？」

「……いえ、なんでもないです。きっと私、ひどく酔っ払ってるんです。全部たぶんそのせいなんです」

アンジェラの声は震えてしまう。黒々とした想いが胸をじわりと浸食してくるような感覚にぞくりとする。

外で小さなため息がして、アンジェラは身体を強張らせて唇を噛みしめる。

（もしかして子供っぽいって思われてる？　呆れられてる!?　もうなんでこんな風に思うようにいかないいんだろ）

他の人相手ならばそんなことはないのに。ククを相手にしたときのようにもっとうまくやれるはずなのに。ライオードのときだけ、どういう訳かまるでうまくいかない。

アンジェラは恥ずかしさのあまり、今すぐ消えてしまいたいとすら思う。

ややあって、ライオードの声が聞こえてきた。

「アンジェラ――出ておいで」

「…………」

おずおずとアンジェラは、シーツから外を覗き見る。

「――こっちへ来なさい」

「……はい」

鷹《たか》のような目が彼女を射貫いていた。口調にはいつもと変わらず他人に命令し慣れている人物独特の相手に物言わさぬ響きが感じられる。

細い声で答えると、アンジェラはベッドから起き上がり、ライオードが座る揺り椅子へと近づいていった。

「ここに座りなさい」

そう言われ、アンジェラは彼の膝の上に座った。揺り椅子がきしんで揺れる。

彼女を膝に乗せたまま、ライオードは再び書類に目を通し始めた。

アンジェラは胸を高鳴らせながら、彼のその様子を飽きもせず、じっと眺めている。

彼の邪魔をしないように、アンジェラは膝の上に腰を下ろしたままなるべく身動きしないように注意する。

部屋には、時計の針が動く音とライオードが書類を繰る音、サインをするときに万年筆の先が紙を滑《すべ》る音しかしない。

書類の内容についてはアンジェラにはちんぷんかんぷんだった。

だが、ライオードは彼女に一枚の書類を見せてきた。

「アン、これを見てごらん」

「私には分からないと思いますけど……」

いきなり彼に書類を渡され、アンジェラは戸惑いながらもそれに目を通した。

「……これはパーティーの招待状《インビテーション》ですね」

「そうだ。私の大事な仕事のうちの一つは人と会うことだ。こういう誘いも多い。逆に、今日みたいにお客を招くこともある。百人以上を招く大がかりなパーティーもあれば、数人の会食もある。こういったもろもろをいずれアンに手伝ってほしいと考えているんだ」

思いもよらなかった彼の言葉にアンジェラは目が点になってしまう。

なんせ、アンジェラにとってのパーティーといったら、ごく親しい人たちを招いての誕生日パーティーなどを意味するのであり、紳士淑女《しんししゅくじょ》が集まる煌《きら》びやかなパーティーなどにはこれまで出席したこともない。

「わ、私がですか⁉」

「君を私の養女として披露するパーティーも、いずれこういった仕事をしてもらうための慣らしのようなものと考えている」

「なるほど……そうだったんですか。ますます……緊張してきました。どうしよう」

アンジェラは身震いすると、肩を竦めて両手を抱きしめた。

そんな彼女の肩を優しく撫でさすりながらライオードが言う。

「もちろん、いきなり大きなパーティーをとはいわない。今日、ククをもてなしたような小さな会食から徐々に慣れていってもらえばいい」

「……それならなんとか。今夜のようなおもてなしでよいのであれば面白そうですね」

「面白そうか。動じないとは。度胸が据わっているな」

「度胸だけは……カフェで鍛《きた》えられてきたと思います」

「なるほどな。頼もしい」

「でも……お酒は苦手みたいです。慣れていくものでしょうか？」

ふうっと熱いため息を放つと、途方に暮れたようにアンジェラは額に手を当て天井を仰ぎ見た。

「まだワインが抜けないか」

「ええ……」

「水をとるといい」

ライオードがワインを飲み干すと、テーブルの上から水差しをとった。

ワイングラスに水をいれると、それを口に含んでアンジェラを振り向かせる。

「っ⁉」

いきなりライオードにキスされ、彼女は目を大きく見開いた。

ワインの渋い香りとムスクの香りとが混ざり合って、頭がくらくらする。

唇の柔らかな感触の後、ややとろみづいた水が唇の中へと少しずつ送られてくる。

いきなりの出来事に頭の中が真っ白になる。

が、口移しで水を呑まされているのだと気づいた途端、全身が熱く燃え上がってしまう。

アンジェラが目を蕩《とろ》けさせると、はぁっと甘いため息をついた。

口端から細い顎《あご》にかけて水が伝わり落ちていく。

息を乱しながら、「なぜ？」と彼女はライオードを見つめる。

だが、ライオードはその問いに応えず、もう一度口に水を含むと再び彼女の唇にキスをしてきた。

「ん……」

頭を力いっぱい抱え込まれ、今度は滑《なめ》らかな舌が水と一緒に差し入れられてくる。

アンジェラはくぐもった悩ましい声を洩らしながらも懸命《けんめい》に舌を絡ませ、彼の熱いキスに応える。

どれくらいキスをしていたのだろう？

舌と唇が痺《しび》れ、息苦しさのあまりアンジェラは唇を離してしまった。

だが、ライオードが彼女を逃がさない。彼女の頭を自分のほうへと寄せて小さくて可憐《かれん》な唇を貪る。無骨な指が彼女の滑らかな首筋をくすぐり、指先はやがて鎖骨《さこつ》を伝わり、胸元へと移動していった。

「……っ。ライオード……おじさま」

背後から胸に触れられ、アンジェラは前屈《まえかが》みになってしまう。

揺り椅子がキィキィとかすかな音を立てている。

「頭痛が明日に響いてはまずい。今晩の採寸予定も明日にずれ込んでしまったしな。こういう場合には、水をたっぷりとって寝るのが一番だ。もう寝なさい」

ライオードが耳元で囁くと、彼女の耳たぶを甘噛みした。

「そん……なことされたら……ンっ……余計眠れなく……あぁ……」

アンジェラが肩を跳ね上げ、身を捩じらせると目を潤ませる。

「大丈夫だ。前と同じようによく眠れるおまじないをしてあげよう」

前と同じように——その言葉にアンジェラの胸が熱く疼《うず》いた。

眠れない夜、ライオードのベッドでされたことを思い出して顔が熱くなる。

「ああ……おじさま……」

揺り椅子の前には鏡があった。アンジェラは鏡の中の自分から目を逸らそうとするも、ついつい盗み見てしまう。

ナイトガウンは口移しの際に零《こぼ》れ落ちた水のせいで透けてしまっている。シルクが肌に張り付き、丘の頂上の位置まではっきりと分かる。

そこにライオードの指が大胆に触れてくる。

必死に声を堪えようと、アンジェラは口元を両手で覆った。

だが、そんな恥じらいの態度がライオードの牡を余計煽りたてる。

濡れた膨らみを鷲摑みにしたかと思うと、うなじにキスの雨を降らしながらライオードは彼女の耳元で命じた。

「アン、足を開きなさい」

「やっ……だ、駄目です……そんな」

「――開きなさい」

「あぁ……」

ライオードの声はまるで魔力を持っているかのように、アンジェラの鼓膜に沁み込むと、彼女の思考能力をやすやすと奪っていく。

「はい。ライオードおじさま」

熱を帯びた声で服従の言葉を紡ぎ出すと、アンジェラはためらいがちに足を開いた。

すると、ライオードがナイトガウンの裾をたくしあげ、彼女の細い足とショーツが剝きだしになる。恥ずかしさのあまり、アンジェラは内腿に力をいれて目を伏せる。

「鏡の中の自分を見ながら、足を広げなさい」

「……あぁっ、そんな」

「返事はどうしたのだね？」

彼に強く言われると、身体の芯が疼いて頭の中が霞がかかったようになる。

「は、い……分かりました」

彼女は身体を震わせながら、再び足を開いていった。

ライオードはアンジェラの腰骨を指でくすぐったかと思うと、ショーツに指をひっかけて引き下げる。ショーツは縒《よ》れて紐状となり、彼女の恥ずかしいところが露わになる。

「いや……こんなの。やめて……ください。おじさま」

自身の痴態《ちたい》をとても直視できず、アンジェラはたまらず悲鳴じみた声をあげた。

だが、それに構わず、ライオードは彼女の陰りに人差し指と中指とを差し挿入《い》れる。

すると、そこからつぅっと糸を引いて、蜜が滴り落ちていった。

「やぁ……おじさまぁ……見ないでっ」

アンジェラが我慢できずに足を閉じた。

いったんライオードは指を引きぬき、濡れた指をしげしげと見ると、その指をアンジェラに見せ付けるかのようにVの字に開いてみせる。

人差し指と中指の間に露をまとった蜘蛛《くも》の糸のような愛液が糸を引いた。ライオードはその指を舐めあげる。

「……あぁ、そんな……汚いです。そのようなもの……舐めないでください」

「汚くなどない。とても美味だ。さあ、もう一度足を開きなさい」

「あ……あぁ。は、い……」

恥ずかしくてたまらないのにアンジェラは彼のいやらしい命令に従ってしまう。従わずにはいられないといったほうが正確かもしれない。

「これ以上は……許してください。恥ずかしすぎて……」

「何も恥ずかしがることはない。私は君のすべてが見たいのだから――」

ライオードが背後からそう囁くと、アンジェラの首筋にキスをした。

強く吸いつくようなキスだった。

「っあぁ!」

アンジェラが肩を竦めると、強く目を閉じ身体を震わせる。ガウンの肩紐がずり下がってしまう。白い首筋にライオードのものだという刻印が刻み込まれた自身の姿を鏡に認めた彼女は息を弾ませる。

「君は私のものだ。ならば、そのすべてを見て味わう権利が私にはある。違うかね?」

その言葉がアンジェラの身も心も鎖でがんじがらめに絡めとった。

ライオードは再び背後からアンジェラの股間へと手を伸ばした。

アンジェラは足を閉じてしまいそうになるが必死に堪え、ライオードに言われたまま足を広げている。

無骨な指がまだ幼さを残したワレメを左右に広げた。

蜜に濡れた花が開き、とろりと愛蜜《あいみつ》が滴り落ちていく。そこはライオードのまなざしを受けて別個の生き物のように妖しくひくついていた。

それがアンジェラの羞恥《しゅうち》を煽り、結果、余計鋭敏な反応を示してしまう。

(やだ……動いてしまう……はしたない)

ねっとりとした指の動きでアンジェラの敏感な箇所をこねまわしながら、ライオードは意地悪なことを尋ねる。

「何か欲しがっているようにひくついているが――」

「あっ、あぁ……そんな……こと……っんんっ!」

アンジェラは甘い声をあげて身悶え、四肢を震わせる。

時折、全身をひきつらせて硬直し、そのつど絨毯《じゅうたん》の沁みが増えていく。

「そんなに欲しいのならば――中にこれをあげよう」

ライオードはテーブルに手を伸ばすと、ついさきほどまで使っていた万年筆を手に取った。銀のでこぼことした装飾が目を引く万年筆だった。

「まさか……おじさま。それ……っ!? ん、んんんっ！」

熱いぬかるみに冷たい感覚が触れる。

次の瞬間、万年筆の軸がぬぅっと彼女の膣《ちつ》内に侵入してきた。

「っあ……ん……やぁ……んはぁ。冷た……くて。んくぅ……変な感じが……あぁ」

指を挿入れられたときとも、肉杭《にくくい》を穿たれたときとも異なる感触に身震いする。

無機質で冷たいものが姫洞を押し拡げてくる。

ヴァギナに万年筆を挿入れられた恥ずかしい格好が鏡に映っていて、アンジェラはたまらず目を伏せてしまう。

ライオードは万年筆を爪ではじいた。

刹那、アンジェラの下腹部に力が入り、万年筆が外へと出てこようとする。

それをライオードの手が阻むと、彼は姫穴を万年筆でがむしゃらに掻きまわし始めた。

ぐちゅぐちゅという粘り気を帯びた水音がアンジェラを追い詰めていく。

「いやぁっ。音……やめて……ください。あぁ……こんなの。んぁあ……」

アンジェラは首を左右に振りたててライオードの責めに悶え狂う。

彼女が乱れれば乱れるほどにライオードの目は野性を帯び、アンジェラをより激しく弄び翻弄するというのに。

万年筆がヴァギナから出し入れされるたび、奥のほうから新たな蜜が吐き出される。

だんだんと膣の抵抗力が増すが、ライオードはより強い力を込めてアンジェラをいやらしく責めたてる。

「あぁっ。おじさま……いっぱいイきすぎて……もう無理です。あぁ……限界、です。赦《ゆる》してください……ぁあっ」

何度も何度も達してしまい、これ以上は無理だと哀願《あいがん》しても、ライオードは彼女をなかなか許そうとしない。絨毯の恥ずかしい沁みは広がっていく一方だった。

「もうこれ以上無理だって……あぁ、言ってる……のに。おじさまぁ」

アンジェラの身体は激しくイキすぎたあまり、おこりにかかったかのようにずっと小刻みに震え続けている。

ひっきりなしに喘ぎイキ続けているため、酸素が足りなくなり意識が朦朧《もうろう》とする。

「今日はもっともっと可愛い声が聞きたい気分でね」

「そんなぁ……あ、いやぁっ。ま、またぁああっ。んぁああっ！」

ライオードは万年筆でアンジェラの奥にある敏感な箇所を力任せに抉ってやりながら、肉芽を指先で刺激してくる。

感度が鋭い奥とクリトリスとを同時に責められ、アンジェラの悲鳴じみた喘ぎはより甲高く鋭くなっていった。

どんどんと身体は燃え盛っていき、感度の塊《かたまり》と化した彼女の身体は、わずかな悦楽でもあますことなく貪《むさぼ》ろうとする。

息も絶え絶えになったアンジェラは、何も考えていられなくなる。

達すれば達するほど、燃え上がった身体はさらに燃え上がりやすくなり、最後にはほんの少しの刺激ですら達してしまうようになった。

「ライオードおじさま、あぁっ！」

ひっきりなしに達しながら、アンジェラは自ら顔を後ろに巡らせ彼の唇に口づけた。

唇を噛み無我夢中になって甘いキスに溺《おぼ》れる。ライオードに対する熱い想いが膨れ上がりはちきれんばかりだった。その想いをアンジェラは熱いキスに託す。

舌が絡み合い、二人の口端から唾液が伝わり落ちていく。

突如、万年筆を挿《い》入れたまま、ライオードの指が彼女の中へと侵入してきた。

指先がざらついた壁を抉《えぐ》った途端、脳裏に火花が弾けアンジェラは細い身体を勢いよく仰け反らせる。

息を詰まらせ、かっと見開いた目で天井を睨みつけると、一寸後に全身を弛緩《しかん》させてがくりと首を前に折った。

「あ、あ、あ……あぁ……ライオード……おじさま」

とろみのついた眠気がアンジェラの意識を奪っていく。

　ややあって、ライオードが万年筆もろとも濡れた指を彼女から抜こうとしたそのとき、咄嗟に彼の腕を細い手が抑えた。

　喘ぎながら、彼女の唇が自身も思いもよらない言葉を紡ぎ出した。

「……あぁ……やめ……ないで……ください」

（今、私……なんてことを⁉）

　自分が発した言葉とはとても思えない。

　アンジェラにたった一かけら残った理性が今の発言を取り消そうとする。

　だが、どういう訳か唇が動かない。

（これ以上……駄目……おじさまを困らせては……。そもそもこんなこと、絶対に許されないことなんだから。おじさまはただ……私を寝付かせるためとしか考えてないのだから）

　そう思うのに唇が勝手に動いてしまう。

「あの晩みたいに……どうか……」

　とても最後まで口にすることはできない。語尾がかすれた声でしぼんでしまう。

　ライオードの指に翻弄されワケが分からなくなると、つい本音が出てしまう。普段、胸の奥底に抑えていた欲望が剝きだしにされ我慢できなくなってしまう。

　前は壊してしまいそうだからと断られてしまった。だから、アンジェラはこう言った。

「私、おじさまにならら……壊されても……いいですから。だから……」

　アンジェラは俯いたまま、祈るようにライオードの言葉を待つ。

またあの時と同じように断られるのではないだろうか？

強く握りしめた両手が、ぶるぶると大げさなほど震えてしまう。

しばらくの沈黙の後、ようやくライオードが重々しく口を開いた。

「アン、もう寝なさい」

「おじさま……でも……」

「今の言葉は忘れよう。全部酔いのせいだ。私と君がいったいいくつ離れていると思ってるんだね？」

「…………」

ライオードの厳しい言葉がアンジェラの胸に突き刺さる。

（違います！　そんなの関係ありません。それに、もしそうだとしたらなぜあの晩、私を……それに寝付かせるためとはいえ……なぜこんなに恥ずかしいことを私に……）

喉元までそんな言葉が出かかったが、彼女は押し黙ってしまう。

アンジェラは鏡越しにライオードの灰色の目をすがるように見つめた。

そのまなざしを彼は避けようとはしない。

エメラルド色の彼女の右の瞳から、涙が一筋頬を伝わり落ちていった。

「おじさまは、私にご自分のものだという印はつけるのに……自分のものにはしてくれないのですね。それって……残酷です」

ライオードの返事はない。

二人の間には目には見えない高い壁が立ちはだかっている。

アンジェラは、この日この時それを思い知らされたのだった。


いよいよアンジェラのお披露目パーティーまで一カ月をきった。

「さーって、後一カ月。追いこみレッスンがんばらないとね！」

ライオード邸のダンスホールの窓際にてアンジェラは腕まくりをする素振りをする。

その威勢のよい所作はダンスの練習用のドレス姿に似つかわしくない。

が、彼女らしいともいえる。

彼女の横に控えているリイラが心配そうに彼女の横顔を見て尋ねた。

「アン？　どうかした？」

「ん？　なんにもないけど？」

即答するアンジェラだが、その声はひっくり返ってしまう。

空元気だということは彼女自身が一番よく分かっているからだ。

最近、リイラたちにバレないように明るく振る舞えば振る舞うほど空回りしてしまう。

ちょっと気を抜くと、ため息をついてしまう。

「そう……ならいいのだけど、なんだかここのところ元気ないみたいな感じがして」

「そう見える……かな？」

「いや、あたしの気のせいならごめんなさい」

謝るリイラにアンジェラは苦笑してお茶を濁《にご》す。

「んー、いや、気のせいじゃないかも。ちょっとね……いろいろあって」

はっきりとライオードに拒絶されたことが想像以上にこたえていた。

あの日以来アンジェラは、彼への手紙をアレクセイにことづけるのも控えるようになっていた。迷惑なのだから、と自分に言い聞かせるようにして。

「悩みがあったら話し相手くらいには……その。なれますから……お気軽に」

「あは、ありがとうリイラ。話せるときに話すね。今はまだ自分の気持ちがよく分からなくなっちゃってて」

「うんうん、そういうときってあります。すごくよく分かりますから、無理に話さなくてもいいです」

アンジェラはリイラの気遣いに感謝する。

「それにしてもいい天気ね」

「ですねー。こんな日は日向ぼっことお昼寝がしたくなります」

「それいいなあ。外にでかけて、日陰でまったり本でも読みながらおしゃべりとか素敵。あ、もちろんおいしいお菓子に飲み物も一緒にね！」

「いいですね、それ。パーティーが終わったら、ピクニックに行きましょうか」

「賛成っ！」

窓の外を眺めながら二人がおしゃべりに華を咲かせていると、ドアが開く音がして、神経質な咳払いが背後から聞こえた。誰のものかはすぐに分かる。アンジェラとリイラは肩を竦めて目配せし合って口をつぐんだ。

「さあ、いつまでおしゃべりしているんですか!?　アンジェラ、レッスンをはじめますよ」

「はい！」

後ろを振り向くと、戸口にアレクセイとレオが立っていた。

アレクセイはいつもの燕尾《えんび》服に白い手袋といういでたちだ。ダンスのレッスンをするのにちょうどいい格好だ。

いつもと違うのは、レオの格好だった。

普段の彼はぼさぼさ頭で——まさに美少年の無駄遣いもいいところな格好をしているのに、今日はきちんと櫛で髪を後ろに撫でつけて、ゆったりとした袖を持った真っ白なブラウスを着てめかしこんでいる。

襟元のタイもいつもならボタンともども外しっぱなしだというのに、きちんと締められている。ただし、ボタンを一つずつかけ違えていたが……。

アンジェラとレオの目が合うと、彼はしかめっ面をしてそっぽを向いてしまう。が、彼女がレオの元へと駆けよってブラウスのボタンをかけ直してやると、彼は仏頂面のままではあるが抵抗しない。

そんなちょっとした変化がへこんだアンジェラを元気づける。

「レオにもパーティーに華を添えてもらうことになりました。ミス・ククが彼のピアノを大層気にいったそうで。そうそう、パーティーにはミス・ククもいらっしゃるそうです。あの方は大勢のパーティーには参加したがらないのですがアンのパーティーは特別だと」

アレクセイは腕組みをすると、理解しかねるといった風に首を左右に振る。

「パーティーで演奏だなんて！　すごいじゃない、レオ！」

「……別に！　どうってことねーよ。俺が本気だしたら……こんなんちょろいし！」

レオは鼻の下を指でこすりながら、怒った風に言う。

だが、どこか誇らしげな様子も見え、アンジェラとリイラはくすりと笑い合う。

「リイラも一緒にパーティーに出られたら心強いのにな」

アンジェラが呟くと、アレクセイは片眉だけぴくりと吊り上げて居丈高な口調で彼女へと答えた。

「その点はご心配なく。レオの参加が決まった際にその旨は申し出ておきました」

「わあ！　素敵すぎっ！　アレクセイさん、ありがとう！」

「別に……どうってことはありません」

彼の口調が意図せずしてレオとそっくりなものだったので、アンジェラとリイラはたまらず吹き出してしまった。

慌てて真顔になってなんでもないフリをするが、それがいっそう笑いを誘う。

アレクセイが眉間に深い皺を寄せると、胸襟のタイをととのえながら手を二度叩いた。

「さあ、無駄話はここまで。レッスンの時間が惜しい。さっさと始めましょう」

「あ、そうだ！　ねね、リイラもパーティーに参加するならダンスの特訓をしなくちゃならないんじゃない？」

「え……あ、あたし踊れるかしら……もう時間もないのに」

リイラが頬を染めると、アレクセイのほうをちらちらと見やりながら俯いてしまう。

「アレクセイさん、リイラにもダンスを教えてくれるのでしょう？」

アンジェラは彼女が彼と踊りたがっているのを知っていた。

だから、リイラを小突きながらアレクセイに尋ねる。

だが――アレクセイは表情一つ変えずに淡々と答えた。

「いえ、リイラが踊る必要はありません」

「……そ、そうですか」

リイラはあからさまに肩を落としてしまう。

「じゃ、私も踊らなくてもいい？」

「何を馬鹿げたことを。貴女とリイラは違うのです。貴女が主役なのですから。ダンスもコミュニケーションの一つ。徹底的に私が仕込んでさしあげます」

彼の凍《い》てつくまなざしにアンジェラは小さくため息をついた。

徹底的に仕込む――彼は有言実行の男だ。やると言ったらやりぬく。それはここ連日の対パーティー用の数々のレッスンでも証明済みだった。

元々厳しい性格ではあるが、お披露目パーティーという目標を得て、彼のスパルタには磨きがかかっていた。

ここのところアレクセイのレッスンは、主にパーティーに必要なものへと特化されていて、テーブルマナーと会話、それとダンスの授業に多くの時間を割いていた。

情け容赦ない彼のしごきに、アンジェラは連日、くたくたになってベッドに倒れ込むという毎日を送っている。ただでさえ気落ちしているところに疲労も重なってきつい。

レオがピアノの椅子の高さを調整すると腰かけた。深呼吸すると、鍵盤《けんばん》に小さな手を置く。

一瞬後に、その手が鍵盤の上を軽やかに滑り始めた。

レオは目を閉じ、一心不乱にグランドピアノを弾く。ゆったりとしたワルツだった。

アンジェラとアレクセイはいつものように互いに向き合って一礼した。

差し伸べられた彼の手に優雅に手を載せる。

レオの奏でるピアノの音色に合わせて、アンジェラはアレクセイとワルツを踊り始めた。

アレクセイはクールな顔で表情一つ崩さず、アンジェラの背に手を回し、もう片方の手でアンジェラの手を握りしめ、その長い足で華麗なステップを踏む。

自他ともに厳しい彼らしく、非の打ちどころがないステップだ。

リイラは、彼の雄姿に熱いため息を洩らしっぱなしだった。

「素敵……いつかあたしも、アレクセイ様と一緒に踊ってみたい」

これが彼女の最近の口癖だった。

リイラがそう言うたびに、アンジェラは何度となく「むしろ替わってほしいくらいよ」と突っ込みをいれるのが常だ。

彼の完璧なダンスについていける淑女が、果たしてパリシア国に何人いるだろうか？

現にアンジェラは、彼の華麗なステップにとてもついていけてない。

最初はなんとか必死で食いついていくものの、少しずつステップがずれていき、ついにヒールで彼の革靴を踏みつけてしまう。

「……っ!?」

痛みに顔をしかめると、アレクセイは動きを止める。

その苦悶に歪んだ顔すら「素敵……」とリイラはドアにもたれたままやはり甘いため息をついている。恋は病とはよく言ったものだ。

「ご、ごめんなさい」

アンジェラが慌てて彼を気遣う。

が、アレクセイは彼女の手を邪険《じゃけん》に振り払って、低く籠《こも》った声で言った。

「どうして貴女は……こうもダンスが下手なんです？　私の足を何度踏めば気が済むというのですか?」

「す、すみません……」

「まさか、日頃の仕返しのつもりですか？　忌々しい……」

額に落ちてきた前髪を掻きあげ後ろへと撫でつけながら、吐き捨てるように言う。

「い、いえ……そんなことはけして……」

それはアンジェラの本心だったが、リイラには悪いがつい顔がにやけてしまうのは抑えようがない。悪いなと思いつつも彼の足を踏んづけた時の快感は癖《くせ》になりそうだった。

アレクセイは、アンジェラを冷ややかなまなざしで睨みつけると燕尾服の襟《えり》を正して、毅《き》然《ぜん》と言い放った。

「……では、もう一度最初からやりなおしです」

彼の言葉にアンジェラは気が遠くなる。かれこれぶっ続けで二時間は踊り続けている。慣れない一〇センチヒールのせいで、足はもはや棒に近い。

「なあ、もうその辺にしとけよ。アレク。俺、そろそろ腹減ったんだけど」

「……もう少し付き合いなさい」

「やなこったー！　おやつおやつーっ！」

レオがピアノの椅子から飛び降りると、ホールの外へと勢いよく飛び出していった。

ピアノがなければダンスは続けられない。アンジェラはほっと胸を撫で下ろす。

「まったく――仕方ありませんね。リイラはピアノは弾けないし」

「あ、あのっ、あたし……ちょっとだけなら弾けます」

「……初耳ですが」

「え、えっと……が、がんばります！」

リイラの返事はアレクセイの問いの答えにまるでなっていない。

だが、いつものことなので彼も何も言わない。

リイラはピアノのほうへと手を伸ばし、鍵盤に親指と中指と小指とを置いた。

途端、不協和音がピアノからバラバラに情けなく響いてきて、アレクセイは力なく首を左右に振りリイラはうなだれた。

「何か言いたいことは？」

「す、すみませんすみません……だから、ちょっとだけって……」

「……ちょっとだけにもほどがありすぎます。よっぽどおしおきされたいらしい」

皮肉めいた冷笑を浮かべたアレクセイにリイラはひたすら頭を下げ続ける。

アンジェラは彼女の肩をポンポンと叩いて励ましてから、レオの後を追ってホールの外へと出ていった。


アンジェラはレオの姿を捜していた。

いつも彼はアレクセイを手伝って、こまごまとした雑用をこなしている。頭を使う仕事ではなく、どちらかといえば力仕事のようなものが多い。

倉庫や台所にいることが多いため、どちらにも足を運んだが、彼の姿はなかった。

が、ふと窓の外を見ると、薔薇《ばら》の庭園に彼の姿を見つけ外へと向かう。

庭園にはベンチがあり、そこに俯《うつぶ》せになった状態でレオはボロボロになった楽譜《スコア》を眺めていた。アンジェラが近寄っても彼女には気づかない。

「レオ」

「……な、なんだよいきなり。驚くだろ！」

レオは慌てて楽譜に覆いかぶさる。アンジェラの目からそれを隠すかのように。

「今日はありがと。これお礼。おやつ食べたいって言ってたでしょ？」

アンジェラは、パイ生地でつくっておいたチョコパイを彼へと差し出した。薔薇の絵がプリントされた紙ナプキンに包んである。

「別に、おまえのためにしたワケじゃねーし！」

レオはほっぺたを膨らませてそっぽを向くも、ちゃっかりチョコパイだけは彼女の手からむしり取って、紙ナプキンを破るとパイを口に放り込んだ。

パイは温め直してあり、さくさくの生地にとろりとチョコが絡み合う。

彼が瞬く間に三つのパイをたいらげてしまう様子をアンジェラはうれしそうに眺める。

「なんだよ……こんなモンで買収なんてされねーぞ？」

「ううん、口にチョコついてるから。じっとして？　拭いてあげるから」

アンジェラがじぃっと彼を見つめてレースのハンカチを取り出すと、彼の口元へと近づけていく。レオの顔が真っ赤になると、彼は彼女の手を邪険に払いのけた。

「うっさいなー、ほっとけよ！」

「せっかくかっこいい格好してるのに汚しちゃ駄目じゃない？」

「……むぅ」

かっこいいというよりはむしろ可愛いという表現が正確だが、アンジェラは敢えて「かっこいい」と彼を褒めた。すると、レオもまんざらでもないようで、文句を言いながらも彼女にされるがままに任せた。

アンジェラはベンチの横に座ったまま、改めて周囲を見回した。

「ここの薔薇のお庭、小さいけどとても綺麗ね。レオが手入れしているの？」

「ああ、そうだ。俺が任されてるんだ！　ちなみに小さいっていうけど、こう見えて、この庭、結構広いんだぞ？　普段入れねえトコも含めたらな！」

「普段入れないところ？」

「ぷらいべえとえりあ？　っていうヤツなんだってライオード様が言ってた！」

「プライベートエリア……なんだか秘密って感じがしてワクワクするわね」

「駄目だぞ！　あそこに入れるのはライオード様だけなんだからな！」

「じゃあ、ライオードおじさまに頼めば入れてくれるかしら？」

「うーん……いずれは入れてくれるかもしれねーけど……あまりそのことに触れねえほうがいいと思うぜ？」

「どうして？」

「俺もライオード様に頼んでみたけど駄目だってさ。その後、他人の心に土足で入り込むってのはやめとけってアレクにめっちゃ叱られたし……」

「そうなんだ……じゃあ遠慮しておいたほうがよさそうね」

「うん……」

レオはアンジェラのほうをちらちらと見やりながら何か言いたそうにしていたが、口をつぐんでしまう。

とりあえず薔薇の庭の秘密の話はこの辺にしておこう。

アンジェラはそう思いなおすと、レオに尋ねた。

「素敵な薔薇、少しお部屋に飾りたいのだけど、どれかレオのオススメのをいただいてもいい？」

「別に。薔薇が欲しいなら……それくらい俺が届けてやるよ」

「え、いいの？」

「……ライオード様んとこにも運んでるし、ついでだ、ついで」

「ああ、ライオードおじさまのベッドの傍に活けてあった薔薇って、いつもレオが持ってきてくれてたの？」

「そうだよ。もう癖みたいになってるから。それだけだ」

「うれしいなあ。お花がある毎日って憧れだったのよ」

「それならもっと早く言えよ、ばーっか」

格好は小奇麗にしてても、レオの相変わらずの毒舌っぷりは健在だ。

「レオにお礼しなくちゃね。何がいい？」

「ンなもんいらねーし。てか……もう十分すぎだし」

「へ？　私、何かしたっけ？　あ、チョコパイとかマドレーヌ？　いつの間にか、私って
レオのこと餌付けしてたとか……」

「ちげーし！　餌付けってなんだよ。犬猫みたいに言うな！」

「あっはは、ごめんごめん」

屈託《くったく》なく笑うアンジェラにレオはバツの悪そうな仏頂面をして胡坐《あぐら》を組んだ。

そして、しばらく口を引き結んで言おうか言うまいか迷っている風だったが、つっけん
どんに言った。

「いや……そーじゃなくて。俺のピアノ、ククさんに披露する機会くれたろ？　なんで俺
がピアノ弾けるって知ってたか知らねえけど。誰にも聴かせたことなかったってのに……」

「リイラから聴いてたの。誰もいないときにレオがピアノを弾いてるって」

「くそ……全員留守だと思って弾いてたのにリイラがいたのか」

「ふっふっふ、ツメが甘いわね」

「おまえに言われたくねーし！　ドジ！」

「うるさいなー」

こんな風にレオと軽口を叩き合えるのがうれしくて、アンジェラは怒ったフリをしてみせるもつい顔がほころんでしまう。

そんな彼女を半目で見ながら、レオは口を尖らせた。

「それにしてもなあ……いきなり言われてまじびびったっての……」

「私もずっとレオのピアノ聴いてみたかったし、ククさんも歌姫を目指していたくらいだから音楽好きだと思ったし、喜んでもらえるかなって思って。喜んでもらえたでしょ？」

「まあな……でも、まさかパーティーでも弾くことになるとはなあ……」

「うんうん！　ほんとレオってすごいよね！」

アンジェラが目を輝かせてレオを尊敬のまなざしで見つめると、彼は呆れた風にぽかんと彼女を見返して言った。

「……おまえ、ほんっと変なやつだなあ」

「どういう意味？」

「だって、俺がすごいんじゃないだろ？　おまえがチャンスをくれたワケで――少しはいばったらどうだ？」

「でも、やっぱりレオの実力でしょ？　ククさんをあそこで感動させなければチャンスはこなかったわけだし」

アンジェラが答えると、レオが居心地悪そうに視線を彷徨わせながらブロンドを掻きむしる。せっかく櫛を通した髪がいつものぼさぼさ頭に戻ってしまった。

「おまえなあ、あんだけ毎日、いたずらされてたらフツー嫌うだろ？　なんでそんな風に人懐っこいっていうか……調子狂うだろ！」

「確かにレオのいたずらと減らず口はイラっとするけどね？」

アンジェラは彼の言葉を否定はせずにあっさりと肯定する。

すると、ますますレオは居心地悪そうにもじもじして小さく舌打ちをした。

「……うっせーなあ。いちいち大げさに反応するほうが悪いんだろ？　おもしれーからついからかいたくなるし……」

「へえ、そうだったんだ？」

「それだけじゃねーけど……でも、それはおまえのせいじゃないってことくらいは分かってるし。分かってても……どうにもなんねーけど。たぶん……アレクも同じで……」

意味深なことを口にするレオにアンジェラは真摯に耳を傾けていた。それがますますレオの調子を狂わせる。

だんだん自分が何を言っているのか分からなくなった様子の彼は、両手で頭をがーっと搔きむしってから吠えた。

「とりあえず借りつくりっぱなしってのは嫌なんだ。いつか返すからな！　覚悟しとけ！」

「あら、ライオードおじさまと同じようなことを言うのね」

「うっさいなー」

「なんだかライオードおじさま、アレクセイさん、レオって結構似ているわよね。だから、一つ屋根の下でうまくやっていけるのかしら？」

「……似ているのは、おまえのほうがよっぽど」

「え？」

「いや、なんでもない……」

レオはバツが悪そうに口ごもると古い楽譜を大事そうに胸に抱きしめる。

「その楽譜は？　ずいぶんと年季が入ってるものだけど」

「……奥様の形見だ。奥様が……俺にくれたんだ」

「ああ……そうだったの……」

しんと辺りが静まり返った。今のやりとりでアンジェラは今までおぼろげに感じていた違和感の正体を知ったような気がする。

アンジェラの胸に一つの疑問が湧いた。

尋ねるのが怖い。たぶん尋ねないほうがいいだろう。

だが、このまま尋ねずにはいられない。

迷っていたアンジェラだが、しばらくして意を決するとレオに尋ねた。

「レオ、さっきの似てるって……もしかして私がライオードおじさまの亡くなられた奥様に似てること？」

「…………」

レオは何も答えない。

しかし、その沈黙こそが何よりもの答えだった。アンジェラの胸に鈍い痛みが走る。

(ライオードおじさまが私を養女にしたのは奥様に似ていたから？　アレクセイやレオが私に反発していたのもそのため？)

さまざまな疑問が浮かんでは消えを繰り返す。否定したかったが否定しきれない。

「でも、ライオードおじさまの書斎に飾られていた写真も見たけど、亡くなった奥様は、私よりもずっと綺麗な人だったし……上品そうだったし……ホント全然似てないと思うんだけど」

アンジェラは苦笑しながらひきつれた声で言葉を紡ぎ出す。否定してほしかった。

だが、レオは口ごもるようにしてこう答えた。

「……俺、難しいこととかよく分かんねーけど、見た目とかそんなんじゃなくて。雰囲気というか……そういうやつ！」

「……そう」

「って、そこは喜ぶべきとこだろ！　奥様に似てるとかって褒め言葉でしかねーぞ!?　むしろありがたく思えよ！　ばーか！」

急に元気がなくなってしまったアンジェラをレオが励ましにかかる。

だが、それはこの場合、追い打ちにしかならない。

「じゃ、そろそろ……私、部屋に戻るわね。ディナーのマナーレッスンまで、少し休んでおきたいから……」

「お、おぅ……」

アンジェラはレオを薔薇の庭園に残して、速足でその場を去っていった。

身体の中に嵐が吹き荒れているかのようだった。

この嵐はそう簡単に止みそうにもなかった。

第四章　パーティ、独占欲をぶつけられて

そして、いよいよアンジェラのお披露目パーティーがホテル・ライオードで華々しく執り行われる日がやってきた。

豪奢《ごうしゃ》なクリスタルが無数に連なるシャンデリアが虹色《にじいろ》の輝きを放っている。

パーティー会場には、そうそうたる顔ぶれがそろっていた。

著名な画家や詩人、作家、女優はもとより、名の知れた富豪や、ワイン農場のオーナー等。皆、自信に満ちたオーラを放ち、煌《きら》びやかな衣装に身を包み、楽げに会話に華を咲かせている。

事前にアレクセイに頼みこみ、アンジェラは今日のパーティーに出席する賓客《ひんきゃく》のリストと細々とした情報にはひととおり目を通していた。

今までに会ったこともないものすごい人たちがやってくるのだと重々承知していた。

にもかかわらず、実際にパーティー会場に足を踏み入れた途端、身体が竦《すく》んでしまう。

「アン、大丈夫？」

「はは……リイラ。大丈夫……じゃないかも。ものすっごく場違いっぽいし」

顔には笑顔を張り付かせているものの、傍に控えているリイラだけにしか聞こえない声で泣きごとを洩らしてしまう。とても自分がこのパーティーの主役だとは考えられない。

アンジェラはククに作ってもらったドレスを着ていた。

肩は剥きだしになっており、胸のすぐ下、ハイウエストに大きなスカーレットのリボンがあしらわれている。すっきりとしたIラインのドレスで、ふんわりとしたシフォン生地が、彼女が少し動くたびに優雅に足元で揺れる。

プリンセスを彷彿《ほうふつ》とさせるロマンティックなドレスだが、けして甘すぎないデザインだ。ちょうど子供と大人の境界にいるアンジェラの魅力を最大限に引き出すドレスだった。

髪は緩い三つ編みを頭に巻きつけるように結いあげており、ミス・ククの定番の帽子に使われている特徴的な羽根飾りを右耳の上に留めている。

「大丈夫よ。今日のアン、とっても素敵だもの。それに毎日、アレクセイ様のスパルタ特訓に耐えてきたんじゃない！　自信を持って！」

パフスリーブを持つ水色のドレスを着たリイラがアンジェラの肩を叩いて励ます。

彼女のドレスのスカートはふんわりとバルーン状なっており、いたるところに真珠が縫い留められている。

いつも三つ編みにしてある髪は解かれ、夜会巻きにまとめてある。

普段はメイクをしない二人だが、今日はメイクアップアーティストにばっちりメイクをしてもらっていた。

まるで見違えるように大人っぽく変身したアンジェラたちは、メイクルームでははしゃぎまくっていたが——今はその元気はどこへやら、緊張しすぎのせいで卒倒寸前だった。

青ざめて壁の隅《すみ》で小さくなっている二人の元へと、アレクセイがやってきた。

いつもの燕尾《えんび》服とは違い、彼は白のモーニングできめている。

胸元にはハードなデザインの銀のブローチが光っており、紺色のシルクのチーフがポケットから覗いている。彼の王子然としたいでたちにリイラは熱いため息をついた。

「何をこんな隅っこにいるのです。アンジェラ様、今日の主役は貴女なのですからもっと堂々と振る舞ってもらわねば困ります」

「うう……そんなぁ。もう帰りたい……」

ついアンジェラの口から本音が駄々洩れてしまう。

そんな彼女に冷たい一瞥《いちべつ》をくれると、アレクセイはメガネをかけ直しつつ言った。

「——情けない。もう泣きごとですか？」

「だって……」

「貴女はこの私のありとあらゆる特訓から逃げださなかった。それはもっと誇るべきことです。その昔、私はライオード様と一緒に世界中のサービスというサービスを見て回った人間なのですよ？」

「そ、そうだったんですか」

ただの執事ではないと思ってはいたが、まさかそんな過去があったとは——

アンジェラとリイラは顔を見合わせると息を吞む。

「だから、今の貴女は世界中どこに出しても恥ずかしくないご令嬢と保障してさしあげます。それを否定するということは貴女の教育係である私を侮辱《ぶじょく》することにもなるということを忘れないでください」

厳しい口調だが、彼にとってはこれが精いっぱいの励ましなのだろう。アンジェラは彼の言葉をありがたく思いながら頭を下げる。

「ん……そうね。ごめんなさい。らしくなかった」

「ここのところ塞いでいるようでしたが、アンジェラ様、今だけはこのパーティーを成功させることだけに集中してください。これが終わったらいくらでも塞ぐなりなんなりしてもらって構いませんから」

「……は、はい」

（すべてお見通しってワケか……ほんとかなわないな……）

伊達《だて》にライオードの右腕を任されている訳ではない。

アンジェラは苦笑すると、目を閉じて集中を高めていく。

アレクセイらしいひねくれた激励に勇気づけられ、アンジェラは自分の頰を両手で挟んで二度叩くと大きく深呼吸をした。

そして、目を大きく開き口端をきゅっとあげて笑顔をつくると、ほんの少し元気が出てきたような気がする。

「さあ、貴女が今成すべき仕事は、受付の元に行ってお客様のウェルカムをすることです」

「はい！」

アンジェラが元気よく答えるその横で、リイラがおずおずとアレクセイへと尋ねた。

「あ、あたしは何をしましょう？　ウェルカムドリンクのお手伝いでもしましょうか？」

「ドレスを着て給仕をするなど貴女はいったい何を考えているんですか!?　給仕をさせるつもりならば、そもそもメイド服を着させてきます。私が意味のないことをわざわざさせるとでも思っているのですか？」

「うぅ、す、すみません。でも、あたしはダンスもできませんし……何もできることがないというか……手持ちぶさたで……」

ただでさえ小柄なリイラは、アレクセイの威圧的な態度を前に余計縮こまってしまう。

そんな彼女にアレクセイはため息をついて半目になるとこう言った。

「リイラの役目は、アンジェラ様の傍から離れず励ますことです」

「なるほど……は、はい。が、がんばります」

「後——ダンスを踊れないと恐縮する必要はありません。そもそもダンスを教えていないのだから踊れるはずない。仮にダンスを申し込まれたとしても断ればいい」

「それで本当にいいのでしょうか？　なんだかお役に立てないのって……申し訳なくて」

「――リイラ、その頭は飾りですか？　少しはものを考えなさい」

「ううう、す、すみません……。これでも一生懸命考えているつもりなんですけど……」

「なぜ私が貴女にダンスを教えなかったか。その意味についてもう一度考えてみなさい」

アレクセイが忌々《いまいま》しそうにリイラを睨みつけながら言うのを見ていたアンジェラには、ピンとくるものがあった。

「ああっ、なるほどー。そういうことだったのね！」

「え？　な、何⁉　アンジェラには今の答え分かったの？」

「うん、分かっちゃったかも？」

「えええっ⁉　教えてちょうだい」

「どうしよっかなー？」

アンジェラがちらりとアレクセイに意味深な視線をくれると、彼は首を力なく横に振って、その場を去っていった。

それを無言の了承だと受け取った彼女はリイラに耳打ちをした。

「……たぶんアレクセイさんはリイラが他の男の人と踊るのが嫌だったのよ」

「え？　そ、それって……どういう……え、えええ⁉」

リイラの顔がたちまち真っ赤に染まった。

アンジェラは自分のことのようにうれしくなる反面、ほんの少しだけ――うらやましいという気持ちもあり……。

だが、その想いを心の奥底に封印すると、アンジェラはリイラをハグして「おめでとう」と囁くと、改めて気を引き締めて受付へと向かった。

「スルヴァーニュ卿《きょう》、お初にお目にかかります。アンジェラと申します。今日はようこそおいでくださいました」

アンジェラは受付を担当しているホテルの従業員の横に陣取ると、パーティー会場に訪れた人たちにとびっきりの笑顔で握手を求め心を込めて挨拶《あいさつ》をする。パーティー会場には、人種の見本市というほど肌の色も目の色も違う人々が大勢訪れていた。アンジェラは敬称を間違えないように気を配りながら、心を込めてゲストたちを出迎える。

最初こそ緊張のあまり手が震えてしまったが、だんだんと慣れてきて今は持ち前の度胸を存分に発揮してウェルカムの態度も堂に入ったものだった。

と、不意に懐かしい声がした。

「アンジェラ、今日はおめでとう！　お招きいただきありがとう」

「ママ、来てくれたのねっ！　ありがとう」

「ちょっと見ない間にすっかり立派になって」

アンジェラを見て涙ぐむ母セミューザ。本当は力いっぱいハグをして泣きだしてしまいたかったし、積もる話も山ほどあったが、他の賓客の手前、アンジェラは必死にそれを堪えた。

セミューザもそれを察して、彼女に軽くハグをすると、ホテルの従業員からウェルカムドリンクのシャンパンを受け取り、会場の中へと消えていった。

「あの方がアンジェラのママなのね。綺麗だし素敵」

「リイラ、後でゆっくり紹介するね。今はちょっと余裕がなくって」

アンジェラは傍に控《ひか》えているリイラに片目を瞑ってみせ、再びウェルカムに集中する。

(それにしてもおじさまはどうされたのかしら。予定ではとっくにいらっしゃるはずなのに。何かよくないことが起こっていないといいけど……)

ライオードが常に過密スケジュールだということはアレクセイを通じて承知していた。

今日も隣国のホテル・ライオード・スルヴァンに宿泊した外務大臣の接待をおこなった後、パリシアに戻ってくる予定だった。

アレクセイに予定を再確認したほうがいいかもしれない。アンジェラは、周囲を見回して彼の姿を捜す。

が、いつの間にか、彼は会場から出ていったらしく姿が見えない。

嫌な予感がアンジェラの中でどんどんと肥大していく。

パーティーに参加するはずのククの姿も見えず、不安は増すばかりだった。

しかし、アンジェラはなるべくその不安を顔に出すまいと努める。

やがて、招かれた賓客のほとんどが会場に集まり、ウェルカムもひと段落した頃になって、ようやくライオードが会場に到着した旨をアレクセイが告げにきた。

ぱっと見、いつもと変わりなく落ち着いているようだが、アンジェラやリイラには、彼の様子がどこかおかしいとすぐに分かる。どこかピリピリとした雰囲気を醸《かも》し出している。

「アレクセイさん、どうしたの？　ライオードおじさまに何かあったの？」

「ええ、少々体調が思わしくないようで――」

アンジェラの鋭い問いにアレクセイは驚きながらも手短に現状を説明しようとした。

が、その言葉を割れんばかりの拍手が遮《さえぎ》った。

ライオードが悠々《ゆうゆう》とした足取りで奥の扉から会場へと入ってきたのだ。

これだけそうそうたるメンバーが集まっている中でも彼は目立つ。周囲の視線を一身に集め、体調が悪いようにはとても思えないほど堂々としたいでたちだった。

スマートなシルエットが目を引くダークグレーのピンストライプスーツを着ていて、胸元にはホテル・ライオードの社章が光っている。ネイビーの小紋タイが控えめにコーディネートされている。抜けのある着こなしにセンスが光る。

彼は黒いセクシーなドレスを着こなしたグラマラスな女性を二人ともなっていた。

美女二人を伴って現れたライオードは、伊達男そのもので――

あちこちで感嘆《かんたん》のため息が洩れ聞こえる。

だが、そんな彼を初めて目にしたアンジェラはたまらず目を逸らしてしまう。

胸の奥に隠したはずのしこりがどんどんと大きくなっていくのを感じる。

ライオードは周囲に会釈し、時折、女性客の手をとっては手の甲に唇を寄せ、簡単な挨拶を交わし、マイクが置かれた壇上へと向かっていった。

彼の行く先、人々が道を譲《ゆず》る。壇上には真っ白なグランドピアノがマイクの傍に置かれ、レオが椅子にちょこんと腰を下ろしていた。

ライオードが壇上に上がると、しんと会場が静まり返る。

彼はマイクも使わず、ホールに響き渡る張りのある声で挨拶をはじめた。

「本日はご多忙の中、ホテル・ライオードにお集まりいただきありがとうございます」

会場を再び盛大な拍手が埋め尽くす。

周囲を見渡して、拍手が鳴りやむのを待ってから彼は言葉を続けた。

「さて、もうご存じの方も多いとは思いますが、私は養女を迎え入れました。ぜひ、彼女を親愛なる皆さまにご紹介さしあげたいと思いまして、今日はお集まりいただいた次第であります」

養女という言葉がアンジェラの胸を彼女の想像以上に貫いた。皆の前でライオードの義理の娘だと公言されてしまったのだ。アンジェラは胸のどこかで諦めきれずに抱いていた淡い夢が儚《はかな》く壊れる音を聞いた。

（私は——ライオードおじさまの養女……）

アンジェラは心の中で自分に強く言い聞かせる。諦めが感情を凍《こお》らせる。

ライオードがアンジェラを見て、ステージ上からすっと手を差し伸べる。

彼に注がれていた視線が一斉にアンジェラへと移る。

いたたまれなさと緊張のあまり、彼女は咄嗟《とつさ》に俯いてしまいそうになる。

（おじさまに恥はかかせられない。期待に応えないと）

アンジェラは毅然《きぜん》と前を見据え、胸を張ってゆっくりと壇上へと歩いていく。アレクセイに教わったとおり自分が一番よく見える歩き方で。

ともすれば緊張のあまり、ドレスの裾を踏みつけてしまいそうになるが、かろうじて何事もなくステージへとたどり着く。

アンジェラが壇上に上がると、温かな拍手が彼女を包み込んだ。彼女は控えめな笑みを浮かべてドレスの端を摘まむと腰を落として周囲に礼をする。

「彼女はアンジェラといいます。今後私のビジネスを手伝わせる心づもりでいます。まだまだ未熟ではありますが、皆さまの温かなお力添えとご声援をどうぞよろしくお願い申しあげます」

ライオードが深々と頭を下げる横で、アンジェラも精いっぱいの笑みを浮かべて最敬礼のお辞儀をし、「若輩者《じやくはいもの》ではありますが、よろしくご指導お願いいたします」とよく通る声ではっきりと言った。

万雷の拍手が渦《うず》となりアンジェラたちを包み込む。

アンジェラはすがるようにライオードを見た。すると彼は目を細めて小さく頷いた。

よくやったと言うように。

諦めに凍てついたアンジェラの心がほんのわずかに溶けていく。

(きっと、これでよかったんだ)

彼女は胸の内で自分にそう強く言い聞かせる。

「ささやかなパーティーではありますが、どうぞゆっくりと楽しんでゆかれてください」

ライオードがそう挨拶を締めくくると、再び拍手が会場を埋め尽くす。

彼がレオに目で合図すると、レオはピアノの鍵盤に手を載せて集中した。

可愛らしいピアニストを賓客たちが温かな目で見守る。腕はさほど期待していない。子供の発表会を見守る親のまなざしである。

しかし、彼の手が鍵盤を軽やかに踊り始めると、その見事な演奏に聴きほれる。

やがて、一組二組、手をとりあってダンスを踊り始めると、その輪が広がっていった。

ホールの中央はたちまちワルツを踊る男女で埋め尽くされる。

ビュッフェブースにおいては、コック長自ら腕を振るい、賓客たちにできたての料理を振る舞っている。おいしい料理に飲み物におしゃべり、素敵な音楽にダンス。華やかながらもくつろいだ雰囲気に会場は包まれていた。

そして、アンジェラにはダンスの申し込みが殺到していた。若者から老紳士まで——誰もが好奇心旺盛な目を輝かせてアンジェラに礼儀正しくダンスを申し込んでくる。

その一つひとつに丁重に応え、アンジェラはワルツを踊り続ける。

彼女の華麗なステップに合わせて、ククのドレスが優雅に揺れる。

足が棒のようになってもアンジェラは笑顔でダンスの申し込みを受けつづける。ライオードの期待に応えなければ、少しでも賓客に楽しんでもらいたいと必死だった。

だが、ふとした折に、アンジェラはついついライオードの姿を捜してしまう。

（ライオードおじさま、体調がよろしくないはずなのに……本当に大丈夫かしら）

ライオードのことが気にかかって仕方ない。

彼はシャンパンを片手に賓客たちと歓談していた。

例の二人の美女もマティーニのグラスを手にずっと彼に付き添っている。

ライオードとアンジェラの視線が何かの折に一瞬交わる。そのたびにアンジェラは慌てて目を伏せ、それに反してライオードの目は獣のように妖しい輝きを放つ。

アンジェラはやるせない気持ちを紛らわせるかのようにダンスへと没頭する。が、しばらくすると、すぐにまたライオードが気になって彼の姿を無意識のうちに捜してしまう。その繰り返しだった。

二時間休むことなくアンジェラが踊り続け、ようやくダンスの申し込みもひと段落したちょうどそのときだった。

上品なベージュのスーツにトレードマークの羽根付き帽子をかぶったククが、人ごみを掻きわけながらアンジェラに手を振るのが見えた。

「アン、遅れてごめんなさい！　コレクションのコンペが長引いてしまったの」

「クク、ようこそ！　お忙しいところわざわざ足を運んでくださってありがとう！」

「いいえ、そのドレス、貴女にとてもよく似合っているわ」

アンジェラのドレスを見て、満足そうに彼女は頷く。

「とっても気にいってるの。素敵なドレスをありがとう」

「どういたしまして！　私の友達を紹介するからこちらへいらっしゃい。あと、何か軽くつまむといいわよ。何も食べてないんじゃない？」

ククの提案にアンジェラは心から感謝する。

正直、人みしりしないタイプのアンジェラでも、見ず知らずの人たち、しかも彼女が長年親しんできた世界とは正反対ともいえる煌びやかな世界に住む人たちとうまく会話ができるか不安だった。

なんせ社交界なんて今まで無縁の世界だったのだ。地雷を踏んでしまいそうで怖かった。

それもあって、二言三言簡単に言葉を交わす程度で済むダンスに没頭していたというのもある。

(それでアレクセイさんは私にダンスを仕込んだのね)

ぶっ続けでダンスを踊るのは確かにくたびれ果てるが、メリットのほうが大きいと今さらのように気づいたアンジェラがライオードの傍に控えているアレクセイを見た。

彼は「私のレッスンは正しかったでしょう？」と言わんばかりに、片眉をあげて勝ち誇った笑みを浮かべる。

「アン、こちら詩人のジェイクスよ」

ククに呼ばれアンジェラが振り向くと、そこにはほっそりとした男性がいた。年の頃合いは二十代半ばといったところだろうか。整った顔立ちをしていて、その肩幅と背丈がなければ女性と間違われてもおかしくない。

ネクタイはしておらずシャツのボタンも外し、そこからシルバーのネックレスがのぞいていてセクシーだ。細身のスーツを着崩していていかにも女慣れしている風である。

朗らかな温和な笑顔がライオード邸の男性陣とは対照的で印象に残る。

「はじめまして。アンジェラです。どうぞよろしく」

「こちらこそよろしく。ククから噂はかねがね。とっても可愛い子だって聴いてて会えるのを楽しみにしてたんだ」

ジェイクスは手慣れた風にアンジェラの手をとると、手の甲に軽くキスしてきた。

びっくりしたアンジェラが手を引っ込めるのも忘れてその場に固まってしまうと、ククが呆れた風にため息をつく。

「もう、すぐそうやってキザなことをするんだから。アン、彼は悪い人じゃないのだけど、女の子が異常なくらい大好きなの。くれぐれも気をつけてね」

アンジェラが真顔でこくこくと頷くと、ジェイクスは肩を竦めておどけてみせる。

「おいおい、そういう注意、本人の前でするかな？　せめて俺がいないところで頼むよ」

「当然よ。鉄は熱いうちに打てと言うでしょう?」

「相変わらず手厳しいなー」

「さあさあ、アン。他にも私の友達をどんどん紹介するわね」

「ありがとう!」

ククに促され、アンジェラは人ごみの中へと消えていく。

果たして、ククはさすが有名デザイナーだけあり顔が広かった。

彼女の知り合いは、みんなちょっと変わってはいるけれど感じのいい人たちだった。

小説家に詩人、デザイナーなど、やはり芸術家肌の男女が多い。

すぐにアンジェラの不安は消え去り、彼女は会話を楽しみ始めた。否、気を紛らわせるために会話を楽しむことに集中したと言ったほうが正しいかもしれない。

こうやって楽しげな雰囲気の中に身を置いていれば、失恋のことやその他もろもろをあれこれ考えずに済む。

そんな彼女の様子を——ライオードが厳しいまなざしで見つめていた。


パーティーが終盤に近づくにつれ、賓客たちは少しずつホテルの自室へと戻っていった。

アンジェラがほっと一息ついて、リイラや母親と一緒にプティ・フールをお伴におしゃべりしていると、ジェイクスが彼女たちの元へと近づいてきた。

彼はセミューザとリイラに会釈すると、アンジェラに耳打ちしてくる。

「アン、これからの予定は？」

これからと言っても、もう夜の十一時を過ぎている。

「……特にありませんけど」

「じゃ、上のバーで俺と一緒に飲み直さない？」

「あ、私、お酒はあまり得意ではなくて。それでも大丈夫でしょうか？」

「大丈夫だよ。ジュースのようなカクテルもあるし」

「へえ、そうなんですか」

バーなんて行ったこともない。アンジェラは、正直、あまり気乗りはしなかったが、このパーティーに招かれているということは、彼はライオードにとって大事な賓客の一人であり、第一彼はククの友人だ。ククにはお世話になりっぱなしだ。

だが、ジェイクスには注意しろというククの警告が脳裏をよぎる。

(二人っきりはさすがにまずいかも。かといって誘いを無下に断る訳にもいかないし)

アンジェラは考えを巡らせる。

このままパーティーが終わってみんなと別れて部屋に戻り一人ぼっちになれば、またいろいろと考え伏せってしまうだろう。リイラも母も疲れているだろうし、部屋に呼んでおしゃべりという訳にもいかない。

ならば、一杯だけ彼に付き合って早めに部屋に戻り、お酒の力を借りて寝てしまえばいい。

そう結論づけた彼女が、苦笑しながら彼の手をとろうとしたちょうどその時だった。

ライオードがやってくると、アンジェラを背中に庇うようにしてジェイクスに対峙《たいじ》する。

その場に居合わせた全員が驚き、何事かと注視する。

「――失礼、アンには先約がありまして。またの機会にお誘い願えますか？　あと、そういったお誘いは、彼女に直接ではなく私かアレクセイを通していただきたい」

しごく丁重な口調ではあるが、ライオードの凄みを帯びたまなざしは、無言のうちにジェイクスを威嚇《いかく》していた。

「そ、そうですか。先約があるとは知らず……失礼しました。じゃ、またの機会にぜひ」

青年は顔をひきつらせると、あっさりと退散した。

すると、ライオードはアンジェラにだけ聞こえる声で「またの機会など永遠にないがな」と毒《どく》づく。その声には怒気が色濃く滲《にじ》んでおり、アンジェラは驚きを隠せない。

「アン、あの手の男には注意したまえ」

彼の背を一瞥《いちべつ》すると、ライオードがアンジェラにきつく注意した。

「でも、一杯くらいなら大丈夫かなと。すぐにお部屋に戻るつもりでしたし」

「過信は身を滅ぼす」

「……す、すみません」

ライオードとククの顔をたてるため――そんな言葉が出かかったが、有無を言わせない彼の物言いにアンジェラは頭を下げる他ない。

アンジェラの素直な態度に留飲《りゅういん》を下げると、ライオードはその場を立ち去ろうとする。

が、その足元がふらついているのに気づいたアンジェラが彼の背に声をかけた。

「あ、あの……ライオードおじさま……お身体のほうは大丈夫ですか？」

消え入りそうな声だった。複雑な気持ちが彼女の胸に渦巻いていた。

言葉にすれば執着と未練。はっきりと拒絶され娘と公言されたにもかかわらず、ひそやかにずっと胸で温めていた彼への想いは簡単に消せはしないようだ。

「……大事ない。ただ、少し飲みすぎたようだ」

低く唸るように言うと、ライオードはホールの奥手にある扉へと消えていった。そこは関係者の控室だと事前にアンジェラも説明を受けていた。

しばらく彼の後を追うか、追うまいか躊躇していた彼女だったが、やっぱりいつもと様子が異なる彼のことが気になって仕方ない。

「――ちょっとライオードおじさまの様子を見てきます」

アンジェラは、母とリイラとに断ってから控室へと向かった。

「おじさま……アンです。失礼します」

ドアを小さくノックして返事を待つ。

だが、返事はない。アンジェラは構わず中へと入る。

控室には、こぢんまりとしたアンティークのソファとローテーブルとが置かれていて、ソファの横には全身をチェックできる姿見があった。

ライオードは革のソファに腰かけてぐったりとしていた。額には大粒の汗が浮かび、ひどく具合が悪そうだ。

「ライオードおじさま!?　大丈夫ですか!?」

アンジェラが慌てて駆けよると、彼の額に手をやった。

あまりの熱さに驚いて、彼女は咄嗟に手を離してしまう。

「ひどい熱……すぐに冷まさないと」

ホールから氷とタオルを調達してこようとアンジェラが踵を返すと、その手をライオードの手が掴んだ。

「——大丈夫だ。今騒げば面倒なことになる。人目が多すぎる。誰にも弱みは見せない。言ったはずだ」

「そんな、大丈夫じゃないってことくらい私でも分かります！　誰にも弱みは見せないって……そんなに周囲の人たちが信用できないんですか!?」

彼女の言葉にライオードの眼光が鋭く光る。

「ああ、信用できない者も中には紛れ込んでいる。どれだけ防いでも、どこからか毒虫は忍びこんでくる。そういうものだ」

「でも……」

「私は、あいにく性善説を信じてはいないものでね。アン、君は手ひどい裏切りにあったことがないから分からないだろう？」

アンジェラは絶句してしまう。彼の言葉に反論できない。彼は以前にも同じことを言っていた。犯人を捜すとまでも。

ライオードの目はぎらついていてとても直視できなかった。そこには色濃い絶望と憎しみの光が宿っていた。

「とりあえず……なんとかしないと。周囲が油断ならないのであれば……なおさらどうしてこんなひどい状態になるまで……無理してたんですか……。早めにアレクセイさんに言って予定をキャンセルすることもできたでしょうに……おじさま、アレクセイさんは信頼されているでしょう？」

ライオードは頷きはしたが、彼女の問いには答えない。

アンジェラには彼の気持ちが痛いほど伝わってくる。

(なんでって——決まっているじゃない。全部このパーティーのため)

「休んでくださっても構わなかったのに……無茶しないでください」

「このくらい無茶のうちには入らない」

「いいえ、無茶です！」

アンジェラが怒りを露わにすると、ライオードは掴んだままの彼女の手を自分のほうへと引き寄せた。

「あ……」

高いヒールを履いているせいもあり、アンジェラはバランスを崩し、ライオードの胸へと飛び込んでしまう。

香水と葉巻《はまき》の香りの他に、野趣溢れるフェロモンが彼女を包み込んだ。

アンジェラは無意識のうちに彼の胸に顔を埋める。ライオードは、彼女の頭に手を添えて彼女の身体をそっといつくしむように抱きしめる。

すると、今まで張り詰めていた緊張の糸が切れ、アンジェラの目から涙の粒が零《こぼ》れた。

それを彼に悟られまいと、彼女は彼の胸にいっそう顔を強く押し付けたまま憤る。

「どうしていっつもこうなんですか。無理してばっかりで……」

「アン、何も心配しなくていい。私なら大丈夫だと言っただろう」

「平気なフリしないでください。私はおじさまの味方なのに。私の前でも平気なフリはやめてください。まだまだ頼りにはならないかもしれないけど……少しは頼ってください」

「それは……分かっている。善処はしているつもりなのだが……」

彼女の頭を撫でて宥《なだ》めながら、ライオードは途方に暮れたように答える。

「――男という生き物は、女性の前ではどうしても格好つけてしまうものだ」

「格好なんてつけてほしくないです」

ライオードの身体を力いっぱい抱きしめるとアンジェラは頬を彼の胸に擦り寄せた。さまざまな気持ちが入り乱れて胸を激しく掻き乱す。

緊張の糸が切れたせいか、ずっと胸の奥でくすぶっていた気持ちが溢れ出てしまう。

「特に……今日、連れてらしたような女性の前では格好つけてしまうものですか？」

言ってしまってから、アンジェラは、はっと我に返る。

「す、すみません。今はこんなこと言っている場合ではないのに……」

自分の子供っぽさに自己嫌悪に陥ってしまう。

「あの……私、やっぱり氷とタオル持ってきます。安心してください。目立たないように隠して持ってきますから……」

慌ててアンジェラがライオードから離れようとする。

だが、彼は手に力を込めたまま彼女を離そうとはしない。

「ライオードおじさま？」

顔をあげたアンジェラの唇に彼は唇を押し当ててきた。

表面をなぞるだけの優しいキスかと思いきや、いきなり頭を抱え込まれる。

ライオードはアンジェラの唇を思うさま貪《むさぼ》った。滑《なめ》らかな舌が彼女の唇を割り開き、舌に絡みついてくる。息をするのも難しいほどの熱烈なキスにアンジェラは驚く。

「ん、はぁ……あ、ぁ……駄目……です。こんなところ……で……っ」

アンジェラは彼から逃れようと顔を背けようとする。

だが、彼女の抵抗に構わず、ライオードは彼女の唇を奪い続けた。綺麗にひかれた口紅があまりもの激しいキスのせいでこすれて滲んでしまい淫靡《いんび》な雰囲気を醸し出す。

「や……んぅ……っふ。おじ……さま」

やがて、アンジェラが抵抗をやめ、自らキスに応じ始めた。ライオードの頭に手を回し、抱きしめながら舌を懸命に動かす。秘めやかな水音が控室に沁み込んでいく。

こうして情熱の赴くままに熱いキスを交わしていると、細かい何もかもがどうでもよくなってくる。ただこうしていつまでもキスをしていたい。

ディープキスに溺れそうになってしまうアンジェラだったが、一かけら残った理性を奮い起こしてライオードに抵抗しながら言った。

「……んぅ、どうしてですか？　義理とはいえ娘にこんなキスするなんて間違ってます」

「ああ、そうだな。間違っているのは承知の上でだ。止まらない」

ライオードはアンジェラを逃がさない。小さな唇を存分に貪り、彼女が抵抗をやめたところで首筋に唇を寄せ、いつものように自分のものだという印を残した。

「っ！　みんなに娘だと言っておきながら……こんな」

細い肩を上下させながら、彼女は呆けた表情で横の鏡に目をやった。首筋にはくっきりと赤紫の印がついていた。逃れようとしてもけして逃れられない下僕《しもべ》の烙印《スティグマ》のようだとおぼろげに思う。

アンジェラは眉をひそめ、すがるようにライオードを見つめる。すると、熱いため息をつきながら、ライオードは額に散らばった前髪を後ろに掻きあげて彼女に言った。

「――嫉妬《しっと》していたのが君だけだとでも？」

彼のぎらついた双眸《そうぼう》がアンジェラの目を熱っぽく見据えている。

熱のせいだろうか？　いつもは理知的で氷を思わせる彼の灰色の目が、激しく燃えさかる炎のように見える。

彼の目力にアンジェラは身動きもできないし、彼から目を逸らすこともできない。

ライオードは彼女の首筋から肩にかけてキスでたどりながら言葉を続けた。

「あの二人については、アンが心配するようなことは何もない。面倒ごとは嫌いなものでね。こんな年寄りにすら色目をつかってくる女性は跡を絶たない。それを避けるためだ」

「そう……だったんですか。私てっきり……」

「プレイボーイとでも？　世間は私をプレイボーイ扱いしているようだが——こう見えて、一途なものでね」

耳元で囁きながらアンジェラの鎖骨や胸元に丹念にキスを降らす。彼女が甘い反応を見せるのを鋭い目で確認しながら。

「——パーティーの最中、ずっと私も君に嫉妬していたのだが？」

ライオードはそう言うと、アンジェラを抱きしめたまま椅子から立ちあがり、そのまま彼女の背中を壁へと押し付けた。

本能的な恐怖を感じ、アンジェラは彼の腕からすり抜けようとする。

だが、彼女の顔の傍の壁に手をつくと、ライオードは退路を断つ。

（ライオードおじさま……なんだか怖い……）

怖いと思いながらも彼女の心臓はとくとくとせわしない鼓動を刻んでいる。さっき耳にした「一途」という言葉が耳にこびりついて離れない。

「正直、ここまで嫉妬するとは思ってもみなかった」

ライオードはおもむろにネクタイを外すと、彼女の両手首を重ねた状態で縛り上げた。その結び目を上着などをかけておく壁のフックにかけてやる。

アンジェラは両手を上にあげた状態で縛られ、フックに吊られて、身動きがとれなくなってしまう。

ライオードにされるがままという状況がアンジェラの胸を妖しく締めつけてくる。

顎を掴むと、ライオードは熱のこもったまなざしで彼女を見つめ、低い声で歌うように言った。

「誰にも渡したくない。私だけのものにしたい――今さらのようにそう思ってしまった。許されないことだと分かってはいても――」

彼女の頬をいとおしげに撫でると、唇に親指を挿入《い》れ、もう片方の手でアンジェラのドレスの胸元を一息に引き下げた。

ノースリーブでハイウエストのリボンがドレスを固定していたため、シフォンのドレスが軽い音を立てて足元に落ちてしまう。

上半身はコルセット。下半身はショーツにガーターというあられもない格好にアンジェラの頬に朱がちりばめられた。

彼女は縛められた手を自由にすべく必死に身を捩るも、彼女がそうすればそうするほどネクタイの結び目は固くなり、彼女の手首をきつく締めあげる。

「ん……んぅ……」

ライオードの親指が口中をまさぐってきてアンジェラの新たな性感を引き出していく。

彼はもう片方の手でポケットの中から小さなナイフを取り出すと、背中で編み上げられたアンジェラのコルセットの紐を切っていく。

彼の荒々しい行動にアンジェラの胸が不安に揺れる。

これからどうなってしまうのだろう？　何をされてしまうのだろう？

だが、その一方で、甘美な媚薬《びやく》のような妖しい気持ちも身体の奥にくすぶってもいた。

(駄目……ライオードおじさま。誰かにこんなところ見つかったら大変なことになってしまうのに——それにお身体の具合だってよくないのに……どうして……)

そう言おうと必死に口を動かすも、彼の親指が彼女の滑らかな舌を嬲《なぶ》り続け言葉を奪う。

言葉にならない悩ましい声が塞がれた口から洩れ、口端からは唾液《だえき》が伝わり落ちていく。

やがて、彼女の身体を窮屈に締めあげていたコルセットも脱がされてしまった。

まっ白な小ぶりの胸が空気にさらされて鳥肌立つ。

「この唇も舌も首筋も——胸も——すべて私のものだ。若造などに渡してなるものか」

ライオードは彼女の胸の頂に吸いつくと、歯を立てて噛みながらベルトを外し、彼女の足を抱え込んだ。

「んっ!?」

アンジェラのしなやかな肢体がびくんっと波打つ。

雄々しい熱の塊がためらうことなく彼女の身体の中央を深々と貫いてきた。

抱えあげられた片足の甲が丸まり、力んだふくらはぎがひきつれる。

「ん……んんんっ！」

ライオードの親指を咥えた小さな唇からくぐもった喘《あえ》ぎ声が洩れた。

前戯《ぜんぎ》もそこそこにいきなり挿入されたせいで、実際よりもずっと太いものが侵入してきた感じがする。まるでレイプされているかのような危うい錯覚《さっかく》に陥《おちい》る。

一つ壁を隔《へだ》てたパーティー会場からはまだ人の気配が感じられる。アンジェラが入ってきた際にドアの鍵はかけていない。

（誰かに気づかれたら……おしまいなのに。ママやリイラ……アレクセイさんたちだってすぐそこにいるのに）

口の中に指を挿入れられているとはいえ、アンジェラは声を堪え切る自信がない。

誰かに気づかれてしまえば、ライオードの顔に泥を塗ることとなってしまう。

新聞や雑誌に醜聞を書きたてられるやもしれない。

なぜ、こんな場所でこんな時に——

焦るアンジェラだが、ライオードは一向に構わず、灼熱《しゃくねつ》の杭《くい》をヴァギナに埋め込んだまま熱い吐息をついた。

「……本当はずっとこうしたかった」

彼の熱に浮かされたような言葉がアンジェラの胸を打つ。

彼女こそずっとずっとこの瞬間を願っていた。ライオードにすべてを征服されたかった。何度拒絶されても、その願いはずっと胸の奥にくすぶっていた。

一度は諦めたはずだったのに。アンジェラの目尻から歓喜の涙が零れ落ちていく。

「誰にも渡さない」

そう言うと、ライオードは腰を激しく動かし始めた。

聖クリスの一夜のように、彼女を気遣うような動きではなく欲望の赴くままがむしゃらに突き上げてくる。鋭い衝撃が何度も何度も彼女の身体の奥深くへと叩き込まれ、子宮を痺《しび》れさせる。

張り詰めた亀頭のでっぱりがGスポットを強く抉《えぐ》るたび、アンジェラはひきつれた嬌声《きょうせい》をあげライオードの指を噛んでしまう。

「んっ……あぁっ……んんんっ！」

力いっぱい穿《うが》たれれば穿たれるほどライオードに渇望されている気がする。

それがうれしくて切なくて。アンジェラは涙を流しながらよがり狂う。

釣りたての魚のように細い身体が波打ち、フックがきしんだ音を立てる。

アンジェラはライオードの指に舌を絡ませ、イクたびに噛んでは全身を痙攣《けいれん》させた。

縦横無尽なピストンに姫穴がきつく収斂《しゅうれん》し、つなぎ目からはおびただしい愛蜜が飛び散り床へと滴り落ちていく。

ライオードの責めはあまりにも激しく、何度彼女が達してもけしてアンジェラを離そうとしない。それどころかさらに強く腰を突き上げてくる。

（ああ……もう何も考えていられない……）

すでに意識が飛ぶ寸前だった。足の付け根が突っ張ってひくひくと痙攣する。

「っ！　んんっ！　んくぅっ！」

アンジェラはライオードの指を力いっぱい噛むと同時に、身体を仰け反らせた。

花弁が肉の刀身を引き絞った途端、それがトリガーとなりライオードが低く呻いて彼女の中で果てる。

刹那、アンジェラは天井を仰ぎ、悲鳴じみた声をあげて全身を強張らせた。

汗ばんだ彼女の身体をライオードは掻き抱く。

（ライオードおじさまのが……中で動いていて……熱い）

肉棒がしなり奥で白濁液を吐き出すのを感じながら、アンジェラは目を閉じる。

熱いものが膣内を満たし、逆流した精子がつなぎ目から洩れ出て滴り落ちていった。濃い匂いが辺りに満ちる。

すべてを吐き出したかと思いきや、思い出したかのように奥で肉棒が跳ね、そのたびにアンジェラは身体をぴくっと反応させてしまう。

ライオードとつながっているのだという実感が彼女の胸を満たしていた。

ひどく荒々しい行為だったにもかかわらず、アンジェラは笑み崩れる。

乱れた息を弾ませながら、二人は互いに見つめ合って余韻に浸る。

やがて――ライオードはぐったりと身体を弛緩《しかん》させた彼女の唇から指を引きぬいた。
そして、汗に濡れた額にキスをしてから自嘲めいた口調で言った。
「……すまない。怖がらせてしまったな」
だが、アンジェラは力なく首を左右に振り、はにかんでみせる。
ライオードが彼女の手首からネクタイを解いた途端、彼女は彼を強く抱きしめた。
ライオードもまた、彼女の身体を強く抱きしめ返してくる。
アンジェラは潤んだ瞳で彼を見上げて唇をわななかせた。
そして、かすれた声で言った。
「違うんです。怖いんじゃなく、うれしいんです……」
二人はどちらからともなく顔を近づけると唇を重ね合わせた。
アンジェラは彼の熱っぽい身体とたくましい腕を感じ、穏やかに目を閉じる。
すぐさま強烈なまどろみが彼女に訪れる。
壁一枚隔てた向こう側の現実はいつしか遠のいていった。

第五章　プロポーズ、真実の愛を知って

「五日の招待状はこれでよし、っと。次の日の会食の内容はどうしよう……。情報が少ないから困るな。コック長に相談しにいってみよっかな。お客様の召し上がったものの記録はとってるって言ってたし」

アンジェラの姿はライオード邸ではなく、ホテル・ライオードの一室にあった。

彼女は、ククに新しくつくってもらったフォーマルワンピースに着心地抜群のジャージ素材のジャケットを羽織っている。

長い髪は仕事の邪魔にならないようにと、後ろでまとめている。

顔つきもどことなく大人びて、働く女性の風格が滲《にじ》み出てきていた。

アンジェラは、アンティーク机の上に広げたたくさんのメモ用紙と睨《にら》めっこしている。

彼女は、スイートのさらに上の階にあるオーナー専用の書斎の一角に机を置かせてもらい、秘書見習いの形でライオードとアレクセイの仕事を手伝うようになったのだ。

アレクセイはライオード邸の執事も兼任しているため、いつもホテル・ライオードにいる訳ではなく、最近はもっぱらアンジェラのほうがホテルで過ごす時間が多い。

彼女は、平日はホテル・ライオードの客室に寝泊まりし、週末はコッツウォールのライオード邸に戻るか、セミューザ宅に戻るかしている。

オーナーであるライオードは、めったにオーナールームには戻らず、相変わらず忙しく外を飛び回っている。それでもコッツウォールにある屋敷よりは滞在時間が長いため、アンジェラは小さな幸せを噛みしめていた。ほんのわずかな時間でも彼と一緒に過ごすことができたら、彼の仕事を手伝うことができたら、それだけで満足だった。

彼女が主に手伝っているのは、小さめの会食のコーディネートだった。

とはいえ、その相手は例外なく名だたるＶＩＰ《ビップ》である。

たかが会食、されど会食。責任重大な仕事であることは、彼女も重々承知していた。

「ライオードおじさま、もうお風邪は治ったかしら」

ふとした折にライオードのことを思い出してしまう。

クールな仮面をつけ、身体を騙《だま》し騙し常に忙しくしている彼のこと。アンジェラのお披露目パーティーが明けた日にも風邪をこじらせて肺炎《はいえん》寸前だったというのに、どうしても外せない商談があるからと、早朝に国外へと発ってしまった。

その後も、パリシアに戻ったかと思えばすぐにまた出かけていくという日々の繰り返し。

ライオードは海外展開をしているホテル・ライオードのオーナーであり、日々その仕事に忙殺されている。アンジェラが垣間見る彼の仕事ぶりは氷山の一角に過ぎないだろうが、それでも並大抵の人間では身体がもたない。ライオード自身も重々それを承知していて、身体を鍛えているのだ。それでも、やはり疲労は蓄積するもの。

首から下げた鎖を手繰り寄せると、アンジェラは彼にもらったスプーンを握りしめて、そっと祈る。

(だからこそ、私のところに戻ってこられたときには、せめて少しでも安らげますように)

机の一番上のひきだしを開くと、Rのイニシャルの封緘《ふうろう》が目を引く封筒が三枚ほどあった。

その一枚を取り出すと、封筒の中から便せんを取り出して目を通す。

何度も読み直したせいで、便せんの折り目はすっかり擦り切れてしまっている。

ブルーブラックの万年筆の筆跡はライオードのものだ。

アンジェラは彼から送られた手紙を読みながら彼に思いを馳《は》せる。

ややあって、彼女は手紙を元通り机の中に戻すと、切ないため息をついた。

「次にお会いできるのはいつだろう。そろそろお戻りになられるってことだったけれど」

いつ会えるか分からない。それは寂しくもあるが同時に楽しみでもある。

アンジェラはできるだけ会えないときを寂しく思うのではなく、会える日を楽しみにすることにしていた。

それでもどうしても寂しくなってしまうときには仕事に集中することにしている。

感傷的な気分になってしまった彼女は、気を引き締めて再び仕事へと戻る。

しばらくして、仕事がキリのいいところまで終わり、アンジェラは背もたれに身体を預け、大きく伸びをして羽根ペンを置いた。

「んー、ちょっと休憩。ランチどうしよう……カフェ・ドゥ・リュヌまで足を伸ばしてみようかな。店主のパンケーキ食べたいし」

と、そのとき、重厚なドアが開き、ライオードが支配人と共に姿を現した。

十日ぶりにライオードの顔を目にし、アンジェラは慌てて姿勢を正すと、その場に立ちあがって深く一礼する。

「ライオード様、おかえりなさいませ」

支配人はライオードの革製の鞄《かばん》をアンジェラへと預けると、恭しく一礼してオーナー室から出ていった。

「ただいま、アン。私の留守中、変わりはなかったかね？」

ライオードはアルメニのスーツのジャケットを脱いでネクタイを緩めると、自身の書斎机の上に重ねて置かれてある封筒や書類の山にざっと目を通しながらアンジェラへと尋ねた。

「はい、何も」

「そうか。アレクセイに電話をつないでほしい。すぐにまた発たねばならぬのだが、その前にスケジュールとプロジェクトの進捗《しんちょく》をもう一度確認しておきたい」

「分かりました。すぐに。あと、お昼はお済みですか？」

「いや、まだだ」

「では、そちらもすぐにご用意します。こちらを発たれるのは何時の予定ですか？」

「遅くても一時半には発つ」

「かしこまりました」

アンジェラはすぐにアレクセイへと電話をつなぐと、ライオードが彼と話をしている最中に階下へと降りていった。

（ランチ、早めにとりにいかなくてよかった……）

彼女は足取りも軽く厨房へと向かう。

コック長にホテル・ライオード名物のクラブサンドを「超特急」でオーダーする。

クラブサンドができあがる間、彼女は業務用の大きな冷蔵庫を物色し、野菜や果物を取り出すと、ジューサーにかけて野菜ジュースを作った。口直し用に紅茶のポットとカップ、ソーサーも長方形の銀トレーにセッティングしておく。

十分も経たないうちにクラブサンドが大きな皿にきれいに盛り付けられて出てきた。

彼女が頼んだのはライオードの分だけだったが、コック長は気をきかせて二人分つくってくれたようだ。アンジェラがお礼を言うと、彼はふっくらした頬を赤らめて照れたように笑う。

アンジェラはトレーを手に再びオーナー室へと戻った。

ちょうどライオードがアレクセイと電話を終えたところだった。

「あと三十分弱ありますね。一緒にランチをいただきませんか？」

アンジェラがトレーを応接机の上に置くと、ライオードが彼女のほうへとやってきた。

「そうしようと言いたいところだが——久々に会えたのだから、少しでも時間があるならアンを堪能したくてね」

「あ……ライオードおじさま」

ライオードが彼女の腰に手を回して身体を引き寄せた。

二人は久しぶりに濃厚なキスを交わす。

彼はキスを堪能《たんのう》しながらベルトを外し、アンジェラの手を自分の漲《みなぎ》りへと導いた。すでにそこは硬く張り詰めていた。アンジェラは手の平に脈打つ灼熱《しゃくねつ》の棒を感じている。

「おじさまの……もうこんなに。キスしただけなのに」

「そのずっと前からだ。アンに会えるのだと思っただけでこうなってしまう。どんな風に味わおうかとあれこれ想像してしまうものでね」

ライオードが獣じみたまなざしでアンジェラを射貫く。その目で見つめられただけで、アンジェラの身も心も妖しくざわめいた。

「もう、どんな想像されたんですか？」

「それはこれから実際にしてみせるから説明するまでもない」

ライオードの挑発的な言葉の数々に胸を高鳴らせつつ、アンジェラは恥じらいながらも彼の硬さに触れ、ゆっくりと手を動かし始める。

早く獲物を食べたくて仕方ないといった風にそれは彼女の手の中で暴れる。

やがて、アンジェラはその場に跪くと、手と唇とを使ってライオードへの奉仕を始めた。

すると、ライオードは心地よさそうに目を細める。

それがうれしくて、アンジェラは口いっぱいに彼の化身を頬張ったまま頭をスライドさせる。ライオードに教えられたとおり、舌を動かして亀頭を飴玉のように口の中で転がしながら吸いたてることも忘れない。時折、舌先で亀頭の裏側に浮き出た太い血管をはじいてやると、ライオードが熱い吐息を洩らす。

濡れた刀身が彼女の小さな口を押し拡げて出入りしていく様子を、いとおしげにライオードは見下ろしていた。

「アン、うまくなった」

ライオードは彼女の頭をやさしく撫でてやりながら腰を浅く動かし始めた。

喉の奥を突かれるとえずいてしまうアンジェラだが、同時に妖しい気持ちが下腹部の奥のほうで膨れ上がっていくのを感じずにはいられない。

その感覚は姫穴を征服されるのとよく似ている。口中をライオードに責められるだけで、これからされることをありありと想像してしまい、花弁が濡れそぼってしまう。

ホテルの従業員がいつやってくるかもしれないのに。

午後の強い日ざしが差し込むオーナールームで、義理の父と娘の秘密の行為がおこなわれていた。

「ん……っふぅ……んんっ」

やがて、口いっぱいに張り詰めたものがなんの前触れもなしに爆《は》ぜた。

たっぷりの精液がアンジェラの喉の奥に放出される。しょっぱ苦い白濁《はくだく》が喉に沁み、えずいてしまいそうになるが、彼女は必死に堪えてそれを呑みくだした。

「大丈夫かね？」

ライオードが書斎机の上にある水差しを手にとりグラスに水を注ぐと、アンジェラに口移しで飲ませた。アンジェラは喘ぎ喘ぎそれを飲み下す。喉の奥に絡まっていた粘っこい体液がとれていき、ようやく息がまともにできる。

彼のすべてを受けとめたい。アンジェラの献身的な奉仕に達したライオードだが、頬を上気させた彼女と舌を絡ませていると、すぐに半身が回復した。

「アン、机の上に足を開いて座りなさい」

「……はい」

ためらいながらも彼の命令に従い、アンジェラは書斎机に腰かけて足を開く。

ストッキングに包まれた太腿をライオードは撫で回しつつ、彼女の首筋に刻印をつけた。

アンジェラは小さく声をあげて身体を震わせる。

これから何をされてしまうのだろう。期待と不安とが胸を焦がす。

と、次の瞬間、ライオードの指が彼女のストッキングを摘まみ荒々しく引き裂いた。

「っきゃ、あ……あぁ……ライオードおじさま……っ。熱い……んんっ」

ショーツを片側へと寄せると、そのまま彼は腰を前へと進めてくる。

蜜に濡れそぼつ入り口に熱い亀頭がめり込んでいく感触にアンジェラは息を呑む。

「っつ……あ、あ、あぁ……。中がいっぱいに……んくぅ……張り詰めて。あぁ……」

書斎机の上でアンジェラの背骨が仰け反りアーチ状となる。

引き裂かれたストッキングが紐状になり、白い太腿を押し出していて淫靡《いんび》きわまりない。

アンジェラは自分のあられもない姿に恥じ入るが、その間にもライオードは腰を動かしてくる。

(ここは仕事をする場所なのに……こんなにいやらしいことをされるなんて)

スーツを着たまま禁忌《きんき》を犯している。異様な状況が二人の欲望を滾《たぎ》らせる。

「おじさま、こんなこと私に……んはっ。したか……ったんですか？　ものすごく……あぁ、イケナイことなのに」

「そうだ。私を狂わせるのは君だ」

「そ、んなぁ……あ、っんぁっ！　狂わせるのはおじさまのほう……っやぁ、そこぉ……」

アンジェラの弱いところを知り尽くしたライオードは的確に弱点を突き上げてくる。言葉半ばでアンジェラは大きく喘ぎ激しく身悶《みもだ》えた。

声が外に洩れてはいけないと両手で懸命に口を覆うも、ライオードの巧《たく》みな技にとてもじゃないが声を抑えられなくなってしまう。

「っあ、あぁっ！　んは、あぁ……そんな激しくしたら……あぁ、声、が……んんっ」

全体重をかけて彼女のすべてを征服してくるライオードに必死に訴えかけるも、彼の責めは弱まるどころか余計に激しさを増す。

アンジェラが乱れれば乱れるほど、それに触発されるかのように。

彼の身体は、力強く前後に往復し、どんどんとその速度を増していく一方だ。

書斎机の上には甘酸っぱい蜜が水溜まりのように広がり、絨毯へと滴り落ちていく。

「いやぁっ、あぁっ、また……んくっ。あぁ、気持ち……よくなりすぎ……て。んん！」

アンジェラの甲高い艶やかな嬌声がオーナールームに響く。

彼女はライオードのたくましい背中にしがみつき、腰を突き上げられるたびに四肢を震わせる。片方のハイヒールが今にも脱げてしまいそうで、アンジェラが身体を硬直させるたび所在なく揺れる。

奥に重たい衝撃が走るたび、脳裏が赤く染まり理性が蕩けてしまう。

「あ、あ、あぁああっ！　もうっ！　我慢できないっ。ライオードおじさまぁっ！」

ひっきりなしに襲いかかってくるエクスタシーに脳髄《のうずい》をとかされ、アンジェラは身体をくねらせながらライオードに限界を訴える。

「アンっ。私も……だ」

彼女の絶頂の前兆を感じ取ったライオードが、力強く彼女の腰骨を掴んで引き寄せた。

それと同時に鋭い一撃を子宮口へと見舞う。

「っあぁっ。もう……だめぇ……おじさま……ぁあ」

アンジェラは狂ったように顔を左右に振りたて鋭いイキ声を放つと、無我夢中で彼にしがみつき背中にツメを立ててしまう。

ライオードが一瞬顔を歪める。

どくっどくっと力強い動きが姫穴に伝わってくる。

ヴァギナが彼女の意思とは無関係にひくついて一滴残さず精子を飲み干そうという貪欲《どんよく》な動きをみせた。

「はぁ……はぁ……ん、おじさま……うれしい……です。おじさま、すごく幸せ、です」

アンジェラはライオードを膣内《なか》に感じながらしどけない表情で微笑む。

彼はアンジェラの目尻に浮かんだ涙を拭い唇に軽くキスをする。アンジェラのほうから舌を挿しいれ、彼の唇を味わおうとする。

が、そのときだった。突如、オーナー室のドアがノックされた。

アンジェラは慌てて机から降りると、書斎机の上をティッシュで手早く拭き、絨毯にできてしまった沁みを隠すように立った。

衣服の乱れを整え、髪を撫でつけてスカートの皺を伸ばす。

あのパーティーの夜に結ばれて以来、自然と二人は身体を重ねるようになっていたが、暗黙の了解で周囲の目を盗んでいるため、こういう状況が多々ある。

そのたびにアンジェラは寿命が縮んだ気がしてならない。

「――入りたまえ」

ライオードも身なりを整えてから外へと声をかけた。

ドアが開くと、支配人が中に入ってきた。アンジェラは彼がさきほどまでの行為がどうかばれませんようにと強く祈る。

さっき姫穴に注がれたばかりの熱いほとばしりが外へと溢れ出てきて、内腿を伝わり落ちていき、アンジェラは気が気ではない。

だが、幸い支配人は気づかなかったようだ。

「ライオード様、そろそろ出発のお時間です」

「分かった。すぐに向かう」

「あ、三分だけ待ってください。これ包みますから、移動の間に召し上がってください」

アンジェラが機転を利かせて、手早く紙ナプキンでクラブサンドを包み、さらにハンカチで包んでからライオードへと差し出した。

「ありがとう。それではまた会える日までいい子にしているように」

意味深な彼の言い方にアンジェラの頬が染まる。

(ライオードおじさまの言ういい子は……世間で言う悪い子なのに……)

ついさっきの熱いまじわりを思い出し、彼女はうろたえながらも彼を甘く睨みつけた。

「もう……子供扱いしないでください。ライオードおじさまもお気をつけて!」

口を尖らすアンジェラにライオードがぎこちなく微笑みかける。

ライオードの鞄を支配人が持ち、二人は部屋を出ていく。

アンジェラはその様子を寂しく見送っていた。何度経験しても彼を見送る辛さには慣れそうもない。

すると、部屋を出ていく直前にライオードが後ろを振り返って彼女へと尋ねた。

「そうだ。大事なことを聞き忘れていた――今月、一日ほど休みをとろうと思うのだが、いつがいい？　その日に何かしたいことはあるかね？」

「え!?　お休みをとれるんですか！　ほ、本当に!?」

思わぬサプライズに目を見開き、アンジェラは口を両手で覆う。寂しげな表情が一転していつもの彼女らしく明るく輝きライオードの笑みを誘う。

咄嗟にアンジェラは今月の予定に考えを巡らせる。あまりにも忙しくてすっかり忘れていたが、十五日は彼女の誕生日だった。ライオードとゆっくり過ごすことができたら、それがなによりのプレゼントになるに違いない。

「……できれば、そうですね。十五日にお休みをとっていただけたら……うれしいです」

「十五日？」

ライオードは片眉をあげて顎に手を当てると、気難しい顔になる。

「あ……お忙しかったですか？　それなら別の日でも――」

「いや、そうではない。その日はどちらにせよ、毎年、私用があってね。元々休みをとるつもりだったので少し驚いただけだ」

「そうだったんですか!? 偶然ですね！ でも、こういう偶然ってなんだかとってもうれしいです。以心伝心みたいな気がして……」

「そう……かもしれないな」

手放しに喜ぶアンジェラだが、一方のライオードは心ここにあらずといった風にあらぬほうを眺めていた。

（どうされたのかしら？ 顔色がよくないみたい。まだお加減が優れないのかしら）

アンジェラは不安になる。

が、すぐにライオードは我に返り言葉を続けた。

「とりあえずアレクセイにスケジュールを調整させよう。私の予定は午前中に済む。その後なら久々にアドル海のコテージでバカンスを過ごすのもいいかもしれないな。できればもう少し休みをとることができればいいのだが」

「いえいえ！ そんな贅沢《ぜいたく》をせずとも、お屋敷でまったりコースで大丈夫です！」

きっぱりと断言するアンジェラにライオードは肩を竦めた。

「相変わらず、君には欲というものがないのだな」

「そうですか？ 欲ならいっぱいありますよ。おじさまにショコラショーをつくってさしあげたいなとか。お料理をゆっくりいただきながら、いっぱいいっぱいお話しだってしたいです」

相変わらずささやかすぎる彼女の欲にライオードは苦笑する。

「立場や環境がどれだけ変わったとしても、けして君の芯は変わらないだろう。私の目はやはり確かだったようだ」

アンジェラには、まだ彼の意味するところがよく分からない。

ただ褒められたということは分かり、あどけなく微笑む。

「それでは、また後ほど連絡する」

「はい、いってらっしゃいませ！　お気をつけて！」

元気よく手を振ってアンジェラはライオードを見送った。


それからのアンジェラには、一日一日が過ぎるのがとても遅く感じられた。

指折り数え、彼女はライオードと約束したオフの日、十五日を待っていた。

誕生日にライオードと一緒にゆっくり過ごせたらどんなにか幸せだろう。

ただ、ゆっくり休むにも普段できないような楽しみをふんだんに取り入れて、とびっきり素敵なお休みにしようとアンジェラは企んでいた。

（おいしいサンドイッチを作って、お菓子も焼いてハイキングに行けたらいいな。雨が降ったらテラスで雨音を聞きながらハイティーをいただくのもいいかも）

何をしようか、と考え始めると、あれこれ妄想が止まらなくなり仕事の手が止まってしまう。慌てて集中しなければと気を引き締めるも、なかなか仕事が手につかない。アレクセイに叱られる頻度《ひんど》も三割増しだった。

そして、ついに彼女の誕生日前日の土曜、アンジェラはたくさんのささやかな野望を胸にライオード邸へと戻った。

アンジェラのテンションが異様に高いことにみんな気づいていた。その理由が、ライオードのオフにあるということはアレクセイを通じて知っている。

だが、アンジェラはこの計画について彼らには黙っていた。

みんなには、明日一日は時間を空けておいてほしいとだけ頼んでいる。内緒でハイキングの準備を進めていたのだ。

だが――

夜遅く誰もが寝静まったのを見計らって、アンジェラがキッチンで明日用のサンドイッチをつくっていると、寝まき姿のリイラがやってきた。

「アン、何をしてるの？　こんな遅くに。夜食？」

「っ!?　リイラ！　いや、こ、これはね……そ、そう、夜食。お腹すいちゃって」

「ふぅん？　一人でそんなに食べるの？」

リイラは二斤《にきん》分のパンを見て、疑惑《ぎわく》の目をアンジェラに向ける。

「うぅ……そ、それは……その……」

彼女の突っ込みにアンジェラは降参するほかなかった。

明日計画していたサプライズハイキングについて簡単に説明する。

すると、アンジェラの話に耳を傾けていたリイラの目が輝き始める。

「わぁ、素敵！　アンって本当に毎日を楽しむ天才よねっ！」

「そうかな？　ただこうしたら楽しいかなぁって思うことをしてるだけなんだけど。どうせ同じ時間を過ごすならみんなが楽しいほうがいいし。単なる貧乏性なのかも？」

「そういう貧乏性なら大歓迎だと思うなー。あたしも手伝うわ」

二人並んで、おしゃべりをしながらサンドイッチを作り始める。

アンジェラがライオードの仕事を手伝うようになってからというもの一緒に過ごす時間が減っているのもあり、二人は口には出さないがこの偶然に感謝する。

「それにしても、リイラ、なんか変わったよね？」

「あはぁ、アンの性格がうつってきてるかも？」

「えー？　それもあるかもしれないけど……むしろ、恋のほうが効いてるんじゃない？」

「う……こ、恋っ!?　そ、それは……」

意味深なアンジェラの物言いにリイラは頬をうっすら朱色に染める。

「アレクセイさんとはどうなの？」

「何もないけど……たまに一緒に村までお買いものにいったり……そのついでにお食事をしたりとか……ただそれだけで……」

「それってデートじゃない！」

「えええええっ!?　そ、そうかな？」

「うんうん、絶対デートだって！　やったじゃない！」

アンジェラのテンションが一気にアップする横で、リイラの頬はよりいっそう赤くなる。

「うぅ、そうだったらいいんだけど……アレクセイ様の態度はいつもとまったく変わらないように見えるし……」

「だって、アレクセイさんはただでさえ分かりづらい性格してるし！　そこは気にしちゃ負けだと思うな！　いいように考えよう！」

「……そうね。あたし、つい悪い風に考えてしまって。ちょっとしたことで不安になって」

「分かるなあ。私もそういうモードに入ってしまったらもう駄目駄目だもん」

「アンでもそうなんだ？　へえ」

リイラの不安そうな表情に笑みが戻る。彼女はボイルした卵をフォークの背で潰し、水にさらしておいた玉ねぎのみじん切りとピクルスのみじん切りとをマヨネーズで和えてタルタルソースをつくりつつアンジェラに尋ねた。

「で、アンのほうはどうなの？　なんだかすっごく大人っぽくなった気がするけど」

「そ、そうかな？　自分じゃよく分からないけど？」

フィッシュフライ用の衣をつくるべく、アンジェラが卵を割ろうとしているところにリイラの指摘が入った。変に力が入り卵がぐしゃっと潰れた。動揺が駄々洩れてしまう。

「なんか色っぽくなってると思うなあ？」

「本当？　少しはククさんみたくなれたかな？」

アンジェラが調子に乗ってうれしげに言うと、リイラはおっとりと首を傾げて否定する。

「いや……そこまではさすがに」

「だよねえ……ダイエットとか体操とか……努力はしてるんだけどなかなか難しくて」

「大人の女性って憧れるなあ」

「うん……つりあう女性になりたいなあって思うもの」

「うんうん」

二人はサンドイッチをつくる手を止めて同時にため息をついた。

一人よりも二人、同志がいるのは心強いもの。

アンジェラとリイラの深夜のおしゃべりはますますヒートアップしていく。

それに反比例して、サンドイッチをつくる作業はどんどんと遅れていくのだった。


「結局寝付けなかったし。ハイキングにでかけた先でお昼寝しちゃったらどうしよう……」

朝方になり、アンジェラは大きなあくびをしながら自室から窓の外を見た。外はすでに明るんでいた。時計の針は朝の五時を指しており、力強い鳥の鳴き声が外から聞こえてくる。

結局、サンドイッチをつくり終えた後も、リイラの部屋に遊びにいって夜通しおしゃべりして——さすがに少しは寝ないと、とついさっき解散したばかりだった。

とりあえずベッドにもぐりこんでみたはいいが、気持ちがすっかり昂ぶってしまって眠れそうにもない。

「ライオードおじさま、いつ戻ってらっしゃるんだろう」

頬杖をついて外を眺める。

村からライオード邸の入り口までは、一本の蛇行《だこう》した道でつながれている。

アンジェラの部屋は玄関とは真反対にあるため、その道までは確認できない。

だが、不意に車のエンジン音が近づいてくるのが聞こえて彼女は飛び起きた。

部屋から勢いよく飛び出すと、全速力で階下へと続く螺旋《らせん》階段を駆け下りていく。

（って、さすがにはりきりすぎかな……子供っぽいかな……）

玄関のドアが開かれるや否や、ライオードに飛びついて「おかえりなさい！」と出迎えたかったが、アンジェラはふと思いとどまる。

（ナイトガウンのまま出てきちゃったし。髪だってぼさぼさだし）

いったん部屋に戻って身支度を整えてからお出迎えしたほうがいいかもしれない。

そんなことを思いながらアンジェラが物陰から玄関を見守っていると、やがてアレクセイに伴われ、小ぶりなシルエットの中折れ帽を目深にかぶった黒いスーツ姿のライオードが姿を現した。彼の手には抱えきれないほどの白い百合の花束があった。

（ライオードおじさま、もしかして今日が私の誕生日だって知ってらしたのかしら？）

だが、その割に彼の表情はいつも以上に強張っているように見える。

「ライオード様――今年もこの日がやってまいりましたね」

「ああ」

（今年も？　この日？）

アレクセイとライオードが交わした言葉にアンジェラは首を傾げる。

（そういえば、この日は毎年、私用があるっておっしゃっていたけど？）

ライオードは帽子を脱がずにその場にアレクセイを残したまま、自室へと戻る階段ではなく薔薇《ばら》の中庭に続く細い廊下へと歩いていった。

アレクセイは姿勢を改め、深々と頭を垂れて主を見送る。

彼はライオードの姿が完全に見えなくなるまでその場を動かない。頭をあげたその後もしばらく彼の背中を切なげに見送り、何かに思いを馳せているようだった。

やがて、我に返ると、ライオードの旅行鞄を手に階段を上っていく。

反射的にアンジェラは近くの部屋に入り、息をひそめて彼が通りすぎるのを待つ。

いつもとどこか様子が違う。今は鉢合わせしないほうがいい。本能的にそう思った。

しばらくして、彼の足音が遠ざかって完全に聞こえなくなってから、彼女は階下へと降りていきライオードの後を追った。

朝露《あさつゆ》に濡れた薔薇の庭園の奥へライオードはゆっくりと進んでいく。

アンジェラは彼に気づかれないように一定の距離を保って追尾する。

以前、レオが言っていたように、彼女が薔薇の中庭だと思っていたのは、庭園のごく一部だということが分かる。てっきり行き止まりと思っていた場所には続きがあったのだ。

蔦が生い茂っていて分かりづらいが、金網でできた柵と扉とがあった。

ライオードはポケットから鍵を取り出して扉についた鍵を開けると、そのまま庭園のさらに奥へと進んでいく。

「…………」

さすがにアンジェラもこれ以上追尾するのは気が引けてしまう。

(ここから先はライオードおじさまのプライベートエリアだってレオも言ってたし……)

もっとライオードのことを知りたいという気持ちと、ここで止めておいたほうがいいという相反する気持ちが葛藤《かっとう》を生み出す。

だが、元々アンジェラは好奇心旺盛《おうせい》な少女だ。知りたいという気持ちに抗えず、ライオードの後を追って、ついに庭園の奥へと足を踏み入れた。

ざぁああっ——

一陣の風が彼女の横を吹きぬけていった。

秘密の庭園に足を踏み入れた途端、アンジェラは空気が変わったような気がする。

辺りはむせかえるような薔薇の香りに満ちていた。庭園の最奥には小さな石碑《せきひ》がある。

ライオードはそこに花束を捧げると、ツバの狭い中折れ帽を脱いで胸に当て石碑へと黙《もく》祷《とう》を捧げる。アンジェラはそこですべてを理解した。

(あれは……お墓)

誰の墓か？　それは言わずもがな。ライオードの様子を見ていれば分かる。

(ライオードおじさまの奥様だった人のお墓)

アンジェラは、胸を押さえ自分の旺盛すぎる好奇心を呪う。レオの言葉の意味するところをもっときちんと考え、軽率な行動は控えるべきだったと後悔した。

だが、もう終わってしまったこと。

しばらくして、ライオードは目を開けると、石碑をじっと見つめる。

その横顔には悲しみと孤独の影がありありと浮かんでいて、アンジェラはとても見ていられず目を伏せてしまう。

(まだ……忘れられないのだわ。いや、きっとずっと忘れられないんだ……)

そう思い知った途端、しきりにざわついていたアンジェラの心が、しんっと怖いくらい静まり返った。

五年前から笑い声が消えたライオード邸。ライオードの妻が亡くなったのもちょうど五年前だ。ライオードの書斎に飾られていた結婚式の写真、ライオードやレオの発言ｅｔｃ。

今までバラバラに散らばっていたパズルのピースが組み上げられていき、一つの真実を浮き彫りにしていく。

（私を養女にしたのも……奥様に雰囲気が似ていたから。何もかも……すべては、今もまだ奥様を愛していらっしゃるから？）

振り返ってみれば、ライオードの行動のすべては彼の亡き妻のためだったような気がしてならない。思いすごしだと言い聞かせようとするが、彼女の心がそれを拒絶する。


『こう見えて、一途なものでね』


控室でライオードに激しく求められたときの彼の言葉をアンジェラは思い出す。あの言葉は自分にではなく――彼の妻に差し向けられたものだったのだと思い当たった途端、全身が小刻みに震え始めた。

しばらくして、ライオードが低い声で呟いた。

「メルシウス。君は逝く間際に言ったな。『自分の身に起きる物事にはすべて意味がある。特にとても偶然とは思えない必然は道しるべ』と」

穏《おだ》やかな風が吹き、草葉がこすれる優しい音がする。それはまるでライオードの発言に対する相槌《あいづち》のようだった。メルシウス、それが今もなお彼がたった一人愛す人の名なのだ

とアンジェラは思い知る。

「聖クリスの祝日に、いつも君と一緒に観にいっていたオペラをあの子と観たことも、あの子が君によく似た雰囲気を持つことも——あの子の誕生日が君の命日という偶然にも意味があるのだろうか?」

彼の言葉には葛藤と苦悩とがありありと滲み出ていた。

辺りがしんと静まりかえる。

それ以上、ライオードは何も言わずに再び静かに目を閉じた。

(あの日一緒に観たオペラさえも——私は奥様の代わりにすぎなかったなんて……私一人が勝手に運命みたいっていって……浮かれていただけだったなんて)

ひどく空虚な気持ちがアンジェラを支配していた。深く傷ついているはずなのに恐ろしく冷静な自分に驚きを隠せない。一粒の涙すら出てこない。こんなことは今までになかった。

アンジェラは彼に気づかれないように踵を返すと、来た道をゆっくりと戻っていった。どこをどう歩いたかは——分からない。何も考えたくなかったし、考えられなかった。


ライオード邸の休日は正午にブランチと決まっている。

正午になり、ライオード、アレクセイ、レオ、リイラが食堂に会していたが、アンジェラの姿が一向に見えない。

「アンはどうした？」

ライオードがリイラに尋ねると、彼女は首を傾げながら呟いた。

「……お部屋に迎えに行ったんですが、なんでも頭が痛いんですって。今日、本当は一緒にでかける予定だったんですが、それもキャンセルになってしまいました」

「え？　あいつ、薔薇の花が欲しいって言ってたから、ライオード様んとこに持っていくついでに持ってってやったんだけど、そのときには女の日?が、どーのこーのって言ってて部屋に入れてもくれなかったぞ？」

「おかしいですね。私には仕事がたまっていて、今日一日部屋にこもって済ませると言っていましたが……」

全員が首を傾げる。誰一人話が噛み合っていない。

レオが頭を掻きながら、呆れた風に言った。

「なんだか、めちゃくちゃだなあ。まあ、あいつはいつもめちゃくちゃかもしれねーけど」

「もう……レオったらそんな意地悪言わないの。アンはめちゃくちゃなんかじゃないわ」

「でも、何しでかすか分からないタイプだろ？　ライオード様にクマの絵つきのカプチーノを出したときには、俺ですらびびったし」

「まあ、確かに。あれは……あたしも驚いたけれど……。でも、そのワケの分からないところがアンのいいとこですもの」

「まーなあ」

レオとリイラの会話に耳を傾けていたライオードは、席から立ちあがった。

「……私が迎えに行ってこよう」

「いや、私が行ってまいります」

「いやいや、あたしが……」

「俺が行ってくるって！」

同時に他の全員が立ちあがる。

頑固なところは似ているらしく、誰も一歩も引こうとしない。

結局、彼らは全員でアンジェラの部屋へと向かった。


アンジェラの部屋までやってくると、ライオードがドアをノックした。

だが、返事はない。

「アン、具合でも悪いのかね？　入るぞ」

いつも落ち着き払っているライオードの横顔にアレクセイは焦《あせ》りを認める。

ドアの取っ手に手をかける。鍵はかけられておらず、ドアはあっけなく開いた。

しかし、部屋の中はもぬけの空だった。

手分けして部屋の隅々まで捜すが、アンジェラの姿はどこにもない。

部屋が荒らされた形跡もなく、誰かが部屋に押し入って彼女を連れ去ったという訳でもなさそうだった。

いつもとなんら変わらない彼女の部屋なのに、彼女だけが忽然と姿を消していた。

部屋の中央にはなぜか旅行用のトランクが置きっぱなしにされている。

「どうしたのかしら……アン、今日をあんなに楽しみにしてたのに」

リイラが口元を手で覆い、不安げに瞳を潤ませる。

「今日、予定を空けておくよう言われてはいましたが、何をするつもりだったのです？」

「……本当はサプライズでと考えてたんですけど、みんなでハイキングに行こうって。昨晩、一緒に準備してたんです」

「そのときのアンジェラ様の様子にどこかおかしなところはありませんでしたか？」

「いいえ、ものすごくわくわくしてましたし……」

「ふむ……」

アレクセイは細い顎《あご》に手を当てると、考えを巡らせる。

すると、その横でライオードが気まずそうに明かした。

「黙っていたが、今日はアンの誕生日だ。彼女の母、セミューザから彼女宛のプレゼントをことづかっていてね。それで私は知ったのだが」

「確かにライオード様宛にセミューザさんから荷物が届いていて、それをライオード様にお渡しはしましたが――アンジェラ様の誕生日プレゼントだったとは……」

「でも、ライオード様！　なんで俺たちに教えてくれなかったんですか？　誕生日だって知ってたらいろいろ用意できてたのに」

「レオが用意するって……いたずらの用意？」

「ち、ちげーっし！　いや、まあ……ちょっとはそれもあるけど……」

リイラにからかわれ、レオは顔を真っ赤にして反論するが、最後は口ごもってしまう。

そんな二人の様子をライオードは目を細めて眺める。

ややあって、彼は居住まいを正すと、レオの頭を撫でながら諭すように言葉を続けた。

「アンの誕生日を皆に黙っていたのには理由がある。みんなでアンを祝いたいという気持ちは分かるが、今日だけは私に譲ってほしい」

「それはもちろんです！」

二人の事情を知っているリイラだけが、全力で賛成する。

彼女のあまりの迫力にみんなが驚いていると、たちまち彼女は我に返って俯いてしまう。

以前の彼女だったらこんな風に声を荒げることもなかっただろう。

「とりあえず――みんなで手分けしてアンを探すとしよう」

「はい！　分かりました」

「うん！」

「かしこまりました」

ライオードの提案に全員が頷いた。


ライオード邸が大騒ぎになっているとはつゆ知らず、アンジェラは村のはずれまでやってきていた。路傍《ろぼう》の石に腰かけてぼーっと遠くを眺めている。

「私……何やってるんだろう……」

彼女はぼんやりと心ここにあらずといった風に呟く。

手には、なぜかハイキングに持っていくはずだったバスケット。着替えやおこづかいを詰め込んだトランクを持ってきたはずなのに……。どういう訳か誤ってバスケットのほうを持ってきてしまったのだ。中にはサンドイッチとお菓子しか入っていないというのに。

とにかく今はライオード邸にいたくなくて、みんなに会いたくなくて——

手当たりしだい必要なものをトランクに詰め込んでライオード邸を飛び出した。

とはいえ行くあてもなく、村の辺境を彷徨《さまよ》った挙句のオチがこれである。

人間、パニック状態になると何をしでかすか分からないものであるが、アンジェラは自分のマヌケさに途方に暮れていた。

「もう……情けなさすぎ……っていうか、私、どうしたいんだろう」

何度も自問したけど、結局答えはでない。

実家に帰ろうかとも思ったが、こんな中途半端なまま家に戻るなんてことはできないし、それこそライオードの恩を仇で返すことになる。

かといって、元々、喜怒哀楽《きどあいらく》がすぐに顔に出てしまう彼女には、きっと何事もなかったかのように過ごすことはできない。そうしたいのは山々だったが、隠し通せる自信まではなかった。

ライオードは、いまだに亡くなった妻だけを愛していて、アンジェラはその代用に過ぎなかったという事実――

それはあまりにも辛く、彼女の心を掻き乱していた。

「……みんなに心配かけないように。平気だって思えるようになるまで、どこかに姿を隠すしかない……。でも、それはそれで迷惑をかけてしまうだろうし……いったいどうすればば」

アンジェラが膝小僧に顔をうずめると、不意にふわりと柔らかな感触がふくらはぎに触れてきた。顔をあげると、そこには子羊がいた。

道端の草をおいしそうに食《は》んでいる。

アンジェラは、子羊の身体を撫でてやると、もう何度目になるかしれないため息をつく。

彼女の身に一大事が起きているというのに、周囲の風景はあまりにも牧歌的だった。

例えば物語などによくある、彼女の胸中を代弁するかのような土砂降りなんかは一向にやってくる気配すらない。

羊たちは草をのんびりと食み、ピンク色に色づいた雲は見事な錦《にしき》を織り成し、夕暮れ空に細くたなびいている。

と、そのときだった。

「あーっ！　いたあああっ！」

レオの声が聞こえ、アンジェラはびくっと身体を震わせた。

咄嗟にバスケットを掴んで逃げようとするが、その前に手首を強く掴まれた。

「痛っ……」

アンジェラが顔をしかめた途端、レオは力を緩めたが、彼女の手を離そうとはしない。

まだまだ子供だと思っていた彼の思いもよらない力に驚く。

「おまえ、こんなとこで何やってんだよ！　すっげー捜したぞ？　ってか、みんな今もまだずーっと捜してるし！　いきなり誰にも何も言わずにどっかにいきやがって！」

レオはものすごい剣幕でアンジェラにくってかかる。アンジェラはこんなにも真剣に怒る彼を見たことがなかった。彼の身体は汗みずくで泥にまみれている。

「うぅ……ごめん。ちょっといろいろ……ワケ分かんなくなってて」

「何がだよ？」

「それは……」

さすがにそこまでは話せない。口ごもってしまった彼女の手をレオは力任せに引っ張る。

「さっさと戻るぞ！　もう腹減って死にそうだし」

「あ、よかったら……サンドイッチ食べる？」

アンジェラが手に持っていたバスケットを彼に差し出すと、レオはきょとんとした顔をしてそれからこくりと頷いた。

さっきまでアンジェラが座っていた石に二人で腰かけると、アンジェラは膝の上でバスケットを広げた。レオにサンドイッチを差し出すと、彼はそれを鷲掴《わしづか》みにしてものすごい勢いでがっつき始めた。その食べっぷりの良さにアンジェラは惚れぼれする。

「うっめー！　生き返るっ！　おまえは食べないのか？」

「うん……ちょっと喉を通りそうにないっていうか……」

アンジェラが苦笑して遠慮したが、彼女の胃袋からは情けない音がする。

「なんだ、やっぱ腹減ってんじゃねーか。おまえも食えよ！」

「う、うう……なんか、落ち込んでいるときって食事も喉を通らないってもんじゃない？」

「何いってんだ！　人間だったらいつだって腹は減る。奥様が亡くなったときだって、みんなそうだったし。どんだけ悲しくても、腹は減る！　腹が減ってたら何もする気がしねえ。何があったかしんねーけど、落ち込んでいるときこそいっぱい食え！　腹がいっぱいになったらなんとかなるって気がするもんだ」

レオの言葉には妙に説得力があった。

アンジェラはレオからサンドイッチを一切れ受け取ると、おずおずとかじってみる。

「あ……すごくおいし……」

「だろ？」

まるで自分がつくってきたかのようにレオは胸を張り、得意そうな笑みを浮かべる。

確かに彼の言うとおり、サンドイッチを一切れ食べ終えてみると、アンジェラは胸の痛みがいくらかましになった気がする。

やがて、サンドイッチを食べ終わって、レオが近くの芝生に寝転んだ。

アンジェラもそれを真似て寝転ぶ。

「で、ちょっとはなんとかなるって気がしてきたか？」

「うん、結構人間ってタフな生き物なのね」

「じゃ、戻れそうか？」

「……それはまだ難しいかも」

「まったく女は面倒くせーなあー。失恋でもしたのか？」

レオの直球な質問にアンジェラは押し黙ってしまう。

彼に悪気がないということは十分に分かってるし聞き流せばいいとも思うのに、正直すぎるほど反応してしまった。

「……って、マジかよ。相手、誰だよ！　俺がぶん殴ってやるから！　名前教えろ！」

「い、いや、それはなしで。気持ちだけ、ありがたくいただいとく」

「なんだよ？　遠慮することねーのに！　こう見えて俺、ケンカ強いんだぜ？」

レオが得意そうに力こぶを作ってみせる。その様子にアンジェラは笑いを誘われる。

「ちぇ、マジだってのに。信じてねーのか？」

「そうじゃなくて……なんだかうれしくて。ありがとね」

「……別に！　ンな礼言われるほどのことでもねーし！」

突っ張るレオに、ますますアンジェラは相好を崩す。

彼が可愛くて仕方なくて、巻き毛のブロンドをわしわしっと撫でてやる。

すると、彼は邪険《じゃけん》そうにその手を振り払って彼女を睨みつけて来た。

「わしわしすんな！　つか、ぐじぐじ悩むな！　面倒くせーっ！」

「もう、女の子に面倒とか言わないの」

アンジェラが口を尖らせると、彼は彼女の髪を引っ張ってやる。

負けじとアンジェラも彼の髪を引っ張ってやる。

こうやって子供じみたやりとりをしていると気が紛れる。

しばらく小突き合って笑いに笑ってから、二人は黙ったまま空を見上げた。

すでに日は沈み、瑠璃《るり》色のヴェールが見事なグラデーションを織り成している。

アンジェラのすっきりした顔を盗み見ると、レオはすっくとその場に立ちあがった。

「んじゃ、そろそろ俺帰るな。おまえも気が済んだら帰ってこい！」

「うん、そうする。ありがとう」

「絶対に戻ってこいよ？　そうじゃなければ、力ずくでも連れてかえるからな！」

「もう少し元気になったら戻るから。約束――」

薄く微笑むと、アンジェラもその場に立ちあがり、レオに小指を突き出した。

レオは仏頂面のまま彼女の小指に自分の小指を絡めると、勢いよく振ってから離した。

彼はアンジェラに背を向けて来た道を戻っていく。

その小さな姿が見えなくなるまでアンジェラは見送った。

辺りには夜の帳《とばり》が降りつつあった。教会の鐘の音が遠くから聞こえてくる。

アンジェラはその音に導かれるようにゆっくりと歩き出した。

彼女のまなざしの先には宵《よい》の明星《みようじよう》を輝かせた空に突き出た十字架があった。


夜の教会は人影もなく、ひっそりと静まり返っていた。

アンジェラは告解をしようとここを訪れたのだが、牧師はあいにく不在だった。

正面の薔薇窓からは柔らかな月明かりが差し込んでいる。聖母像は慈愛《じあい》に満ちた表情でアンジェラを見下ろしていた。

彼女は一番前の席に座り、胸の前で手を組み、目を閉じる。

祈りを捧げていると、乱れていた心が静まってくる。

(これでよかったんだ。そもそもは神様に背く恋だったのだし……。忘れなくちゃ。普通の親子になればいいだけなのだから――）

アンジェラは自分の心に強く何度もこう言い聞かせる。

最悪の状態でも、視点一つで変わってくる――小さい頃から、母にそう教わってきた。

（おじさまと私だけの秘密がなくなってしまえば、もう誰にも後ろめたい思いはしなくても済む。こういう恋は間違ってる。誰にも祝福されない恋なんて……。これからは、ごく普通の恋をしよう。きっとそうしなさいっていう神様の思し召しなのよ）

だが、よかった探しをすればするほど、かえって彼女は後ろめたい思いに悩まされる。

自分を偽っている気がして落ち着かない。

頭ではライオードのことをきっぱりと諦めたほうがいいと分かってはいても、感情が追いつかない。

そうやってどのくらい祈りを捧げていただろう。

足を這い上がってくる冷たい空気に身体が冷え、アンジェラが小さくくしゃみをしたちょうどそのとき、教会の扉がきしんだ音を立てた。

きっと牧師が戻ってきたのだろう。アンジェラが目を開けて後ろを振り向くと、石畳には帽子をかぶった男のシルエットが長く伸びていた。

ローブ姿の牧師のシルエットではない。

「アン」

低い声が教会に響いた。アンジェラの心が熱く震える。

戸口に立っているのはライオードだった。

「……ライオードおじさま!?　どうしてここが」

アンジェラは狼狽《ろうばい》し、身を竦《すく》ませる。

「君がどこにいても必ず捜し出す」

怒気を滲ませた声でライオードは言うと、アンジェラの元へとやってきた。

ライオードの目は怖いほどにぎらついていて、たまらず彼女は顔を伏せる。

だが、その顎を上向かせると、ライオードが唇を重ねてきた。

「……っ!?」

顔を背けようと抗うも彼はそれを赦さない。

力ずくで彼女の頭を抱え込み、強引に唇を貪《むさぼ》る。

あまりにも激しいキスで息ができず、アンジェラは眩暈《めまい》を覚える。背筋を仰け反らせて、
両手に力を込めて彼の胸を遠ざけ、キスに抗おうとする。

しかし、ライオードの力にはかなわない。彼にされるがままアンジェラは年季の入った
長椅子の上に押し倒されてしまう。

「いや、やめてください。駄目です……こんなの……もうこれ以上は……やめてください」

上半身を激しく左右に倒して暴れ、アンジェラは彼の手を払いのける。

なんとか身体を起こして、そのまま走り去ろうとする。

が、ライオードは自分から逃れようとしたアンジェラを背後から抱きしめた。

そのまま、礼拝机に両手をつかせて、スカートをたくしあげる。

「おじさま……駄目……神の御前なのに。何を……」

ショーツも太腿のところまでずり下げられてしまい、冷たい空気がヒップを撫で上げた。

アンジェラは後ろを振り返り、非難めいたまなざしをライオードに向ける。

が、彼女の腰骨を摑んだライオードが、狙いを定めてヒップのかげりめがけて勢いよく腰を突き出してきた。

「あああぁっ！」

重い衝撃が身体の中心を穿《うが》った瞬間、アンジェラは目を見開き、喉元と背筋を同時に仰け反らせる。まだ濡れていない女壷に太い杭が力任せにねじこまれてきしむ。

「っはぁ。ん……ライオードおじさま、やっぱりこういうことは間違ってます。天罰《てんばつ》が下ります！　駄目……です。お願い……もう、やめてください……」

小ぶりなヒップを痙攣させながら、アンジェラがライオードに訴《うった》えかける。

しかし、ライオードはやはり彼女の言葉に耳を傾けようとはしない。

腰をグラインドさせて、姫穴をねっとりと掻き回してくる。

「い……やぁ……神様が見て……います。あぁあっ。罰当たりな……んっくぅ」

肉棒から逃れようと腰を引こうとするアンジェラだが、かえって腰を高く捧げるような体勢になってしまいライオードを挑発するような悩ましい動きにしかならない。

その挑発にライオードは応え、がむしゃらに腰を突き始めた。

剛直が狭い肉壷を強引に抉《えぐ》るたび、アンジェラは嬌声をあげて机にしがみつく。

「たっぷりと見せ付けてやればいい」

「あぁっ！　いやぁっ。やめ……んぁっ。はぁああ……あぁん」

やめてほしいと思うのに、彼女の身体はライオードの責めに素直に反応してしまう。

背後から力ずくで奥を突かれるたびヴァギナが歓喜にうねり、アンジェラの身体はびくんっと跳ねる。

前から突かれるよりもずっと深いところまで届いている気がしてすぐに達してしまう。

半身に絡みついてくる粘膜《ねんまく》の蠢《うごめ》きを感じながら、ライオードがアンジェラの耳元に意地悪く囁いた。

「本気でやめて欲しそうには見えないがね？」

「そ、んなぁっ。ん……っはぁはぁ。やぁっ。ンっ！　深い……んくぅうう」

ライオードを呑みこんだ姫貝が強く収縮するたび愛蜜が石床へと滴り落ちていく。

形のいいヒップに腰が打ち付けられる乾いた音と肉棒が出入りする鈍い音とが重なって教会に響く。

背後からライオードに激しく征服され、アンジェラは嬌声まじりの声で制止を嘆願するが、けして聞き入れられない。獣のように荒々しく支配されてしまう。

「私のものなのに逃げようとは——悪い子だ。悪い子には仕置きが必要だ」

灼熱の棒で姫壷を穿ちながら、ライオードの大きな手の平がヒップを叩いた。

その瞬間、振動が下腹部の奥まで伝わってきてアンジェラは悲鳴じみた声をあげる。

「あ……あぁ、奥に響いて……んぁ……っはぁ……」

無意識のうちに膣がきつく締まり、さらなる刺激をねだる。

「仕置きにすら感じてしまうようだな。いやらしい子だ」

ライオードにヒップを叩かれるたびにアンジェラの胸は妖しく締めつけられる。唇からは鋭い喘ぎ声が洩れ唇はわななき、熱病にかかったかのように全身から汗が噴き出す。

二人の影が重なり合う速度が加速度的に増していく。

「いやぁ……あ……はぁはぁ……んぁ、んんん、おじさま……許して……ごめん、なさい」

アンジェラが必死の形相《ぎょうそう》でライオードに許しを請う。

痺れきった肉壷に太い衝撃が何度も叩き込まれ、膝ががくがくとわらってしまう。

「つあぁああっ。またぁっ！　おじさまぁあぁっ。いやぁああああーっ」

やがて、何度目かの高みに達し、一際大きな波がアンジェラの意識を押し流す。

頭の中が真っ白になり、もう何も考えていられない。

ライオードが小さく呻くと、ヴァギナの中から半身を引きぬいた。

刹那《せつな》、亀頭が爆《は》ぜ、熱い飛沫をアンジェラのヒップや背中、太腿に撒き散らす。

アンジェラは天井を仰ぎ、ついにがくりと膝を折った。

そのまま、その場に崩れ落ちそうになるが、ライオードは背後から彼女の身体を支える。

「はぁはぁ……おじさま。ごめん……なさい」

喘ぎ喘ぎ謝ってくる彼女の頬を撫でてやると、彼は彼女を丁重に長椅子の上に横たえた。

手足に力が入らないアンジェラは、ライオードのされるがままだった。

胸を激しく上下させながら、すがるように彼を見つめる。

ライオードは、彼女の上気した頬に手を当てると、彼女を熱っぽいまなざしで見つめて、こう告げた。

「たとえ天罰がくだろうとも、アン、君を私だけのものにしたい」

彼のまっすぐな言葉に、エメラルドの双眸が潤むと、月の光を反射して湖面のように揺らめき輝く。

彼女は震える声で途切れ途切れ言葉を紡ぎ出した。

「……でも、ライオードおじさまは、ずっと奥様のことを愛してらっしゃるのでしょう？　私は奥様の代わり。それなのに……こんなのずるいです。私が奥様にかないっこないのに……なぜそのようなことをおっしゃるんですか……もうやめましょう」

視線をさまよわせていたアンジェラだったが、最後の言葉はライオードの目をしっかりと見て、きっぱりとした口調で告げた。

ライオードはそこでようやく彼女が屋敷を飛び出した理由を知った。

「――見ていたのか」

彼は今朝のことを尋ねる。

「すみません……お姿を拝見したので……つい」

「いや、構わない。きっと最後まではその場にいなかったのだろう？」

「なぜそれを……」

「もしも最後までその場にいたならば、このような騒ぎにはなりえなかったからだ」

アンジェラは、ライオードの言葉の意味が分からない。乱れた息を整えながら、まつげをしばたたかせる。

「今朝、私はメルシウスに偽りない私の気持ちをすべて打ち明けてきた」

「打ち明けてきた？」

「アンを私の養女ではなく私の花嫁にしたいと」

思いもよらなかった言葉にアンジェラは息を呑む。

ひどく現実味がない。夢でも見ているのだろうかと疑う。

ライオードはそんな彼女の額に唇を押し当ててから想いの丈を告白した。

「赦されることではないかもしれない。妻への裏切りかもしれない。妻を失って以降、一生特別な存在をつくるつもりはなかった。妻は殺された。アレクセイに調べさせていて私の身内の犯行と調べはついているが真実は闇に葬り去られたまま、いまだ明かされていない」

「そうだったんですか。それで犯人を捜し出すって。周囲の人たちを信用できないって」

それはアンジェラに対する告解に他ならなかった。

ライオードの胸の内を知ったアンジェラの目に涙が浮かぶ。

彼の顔に深く刻みつけられた孤独と苦悩の意味を知り、胸が締めつけられて苦しい。自分が彼の立場だったらと想像してみただけで涙がぼろぼろと溢れてきて、止まらなくなってしまう。

彼女はライオードの眉間の皺にそっと指で触れて、それを伸ばしながら涙を流す。

「――私のために泣いてくれるのか？」

「ずっと……ずっと苦しかったのですね。おひとりで戦ってこられたんですね。そんなこと知りもせず……私は……何もできなくて。それが悔しくて……」

「何もできなかった？　それは間違いだ。物怖じすることなく、果敢に私の元に飛び込んできて傍にいてくれただろう？」

「でも……事情を知ってたらもっと違うことができたかもしれない。知らなかったからこそ、私、無神経な言葉をおじさまに言ってしまったかもしれない……」

「君は本当に優しい女性《ひと》だな。時折、とても大人びて見える」

ライオードはアンジェラの頬をいとおしげに撫でて、彼女の瞳をまっすぐ見つめた。

「これでも何度も諦めようとしたのだが――それでも無理だった」

「ライオードおじさま……」

「おそらく最初からこうなる運命だったのだと思う。運命はいかに抗おうとも、人を進むべき方向に押し流してしまう。偶然という名の必然によって」

二人は見つめ合うと、どちらからともなく静かに唇を重ねた。

アンジェラの閉じた目から涙が流れ落ちていく。それをライオードが優しいキスで拭《ぬぐ》う。

「私は運命に降参することにした。今日がその日と決めて——アンジェラの誕生日がメルシウスの命日であることにもきっと何か意味があってのことだと思って」

彼はアンジェラの耳元で囁くと、彼女の左手をとった。

そして彼女の目を見つめて言った。

「アン、私と結婚してくれないか？」

それはライオードらしい無骨でストレートなプロポーズだった。

だが、アンジェラはためらってしまう。

即座に頷いてしまいたいのに頷くことができない。

躊躇する彼女を見ると、ライオードは無言で礼拝堂の長椅子に横たわったアンジェラにのしかかってきた。

「頑なになった心を溶かすにはこうするのが一番だ」

「何を……あぁっ!?」

ライオードが再びアンジェラを深々と貫いて、深く息をついた。

アンジェラの細い体軀《たいく》が痙攣《けいれん》する。

神が見ている場所で、いつ牧師が戻ってくるかもしれないのに。ライオードは情熱の赴くまま禁忌《きんき》を犯そうというのだ。一度ならず二度までも。

さっき精をやったばかりとは思えないほど、肉棒は張り詰めきっていた。

「偽らない本心を聞かせてほしい。アン」

熱っぽい声で囁きながら、ライオードが腰を動かし始めた。

アンジェラの両足を掴みVの字に開かせて、より深く真上からじっくりと穿っていく。

亀頭が子宮口に焦らすような揺さぶりをかけてくるたび、恥ずかしいほど艶めいた声が彼女の喉の奥からついて出てきてしまう。

「んぁっ……あぁ……っはぁ、狂って……しまい、そ……んはぁ」

さっき何度も絶頂を迎えた身体は敏感すぎて、すぐに燃え盛ってしまう。

「アン、私のことは嫌いかね？」

ワンピースの襟ぐりを引き下げ少女の乳房を露出させると、それをやわやわと揉《も》みしだきながらライオードは腰をゆるゆると動かす。

焦らすような動きがアンジェラを翻弄《ほんろう》する。

「素直に答えないと、ここでやめてしまうが、いいのかね？」

ライオードが動きを止めると、腰に力をいれ中で肉棒をひくつかせる。

昂ぶりきった身体が疼《うず》き、アンジェラの理性のたがが外れてしまう。

「いやぁ……やめないで……ください。ん……おじさまのことは……好き……です。っ大好き……です……。ですから……あぁ、もっと……」

唇をわななかせながら、アンジェラの喉の奥から甘い声で本心が絞り出される。

「素直ないい子だ。どうしてほしい？」

浅い箇所を突きながら、ライオードがわざといやらしい質問をしてきた。

アンジェラは言葉に詰まる。が、もうこれ以上は我慢できない。

彼女は羞恥《しゅうち》を振り切って叫んだ。

「あぁっ。いっぱい……してください。ライオードおじさまのお好きに……んんっ。めちゃくちゃに……して……ください」

恥ずかしいおねだりをアンジェラが口にした途端、全体重をかけてライオードが彼女のヴァギナを貫いてきた。

アンジェラは息を詰まらせ、身体を硬直させる。

「っはぁ……あぁっ、ん、ん、んんんっ。おじさま……」

断続的に太い衝撃がアンジェラに襲いかかる。

湿った鈍い音がリズミカルに教会に響き、アンジェラの小柄な身体がライオードの身体の下で悶える。

アンジェラはライオードの激しい責めに何も考えていられなくなり、身も心も剝きだしにされてしまう。

「もう一度尋ねよう。アン、私と結婚してくれるかね?」

尋ねるというよりは、確認する口調だった。

「はい……っ。おじさま……」

アンジェラは彼の上半身にしがみつくと、必死の形相で何度も首を縦に振りたてる。

長い髪が乱れ、汗が飛び散る。

ついにプロポーズを受け入れたアンジェラの身体を抱きしめると、ライオードが震える声で彼女に告げた。

「アン、愛している。私だけの天使《アンジュ》」

「あぁっ、おじさま。わ、私も……愛して……います！　ずっと……ずっと最初から」

汗に濡れた身体を情熱的に重ね合い、逼迫《ひっぱく》した声で愛の言葉を交わす。

アンジェラもライオードも互いを渇望し本能の赴くままに貪《むさぼ》り合う。

深く鋭いピストン運動が徐々にスピードを増し、アンジェラを追い詰めていく。

「ん、っはぁああぁっ！　あぁああぁっ。もう……私……おかしく……なって……」

「……一緒に果てよう」

二人は両手を強く握りしめ合うと、同時に果てた。

放たれたばかりの精子が少女の小さな子宮を真っ白に染め上げる。

「あぁ……」

胸を覆っていた暗雲はすべて取り払われ、アンジェラは清々しい顔でライオードを見つめていた。ようやく彼と身も心もすべてがつながった気がする。

深く満たされていた。涙でかすんだアンジェラの目に薔薇窓と聖母像とがうつる。彼女はそっと目を閉じて感謝の祈りを捧げる。神の御前で教えに背く行為をしておきながら矛盾しているとは思うが、彼女の胸の内には今、感謝の念しかなかった。

教会に再び静寂が訪れた。

アンジェラとライオードは乱れた息を整えながら互いに見つめ合う。

汗で濡れた彼女の額には前髪が張り付いていた。それを指で払いのけてやりながら、ライオードはもう片方の手で彼女の頭を撫でてやる。

さっきあれほど乱れてしまった手前、アンジェラは気恥ずかしくてライオードの顔をまっすぐ見られない。

ライオードはアンジェラを抱きしめて背中を優しく撫でてやる。

アンジェラも彼を抱きしめ返した。こうしているだけで深く満たされる。

「アン、誕生日おめでとう」

ライオードがポケットの中から指輪を取り出すと、彼女の薬指にはめた。

アンジェラは自分の左手をしげしげと眺める。赤い色が時折混じる深緑色の石が一つはめられたV字のフォルムの指輪が薬指に光っていた。婚約指輪だった。

「綺麗……」

アンジェラは、信じられない思いで目を潤ませ声を震わせる。

「アレクサンドライトという珍しい宝石《いし》でね。昼と夜とで色が変わる石だ。君にぴったりだと思ってね」

「……って、おじさま。それってどういう意味ですか……」

変な意味に受け取ったアンジェラが、顔を真っ赤にして唇を尖らせる。

すると、ライオードは彼女の頬を指でくすぐりながら苦笑した。

「一つの色に染まりきらない、いろんな側面を持つチャーミングな女性という意味だが?」

「っ!? そ、そうだったんですか……やだ。わ、私ったらほんとどうしようもないというか。ううぅ、い、今の言葉、聞かなかったことにしてください」

アンジェラは両手で顔を覆うとうなだれる。

(もうっ、どうしてこういう大事なときに私ったら……いまいち格好つかないというか、抜けてるというか……)

プロポーズは一生に一度の大事な瞬間だというのに。

おとぎ話のようなロマンティックなプロポーズをいつかと夢見ていたはずなのに。

現実と夢はあまりにもかけ離れていてアンジェラは塞いでしまう。

だが、ライオードの目尻に笑い皺が寄るのを見た瞬間、アンジェラの気まずい想いはどこかへと吹っ飛んでしまう。

彼女は幸せそうに笑み崩れ、ライオードの目尻を指先で撫でた。

「これからは、今みたいにもっといっぱいいっぱい笑ってください」

「ああ、そうだな。アンと一緒なら嫌でもそうなるだろうがね?」

「うぅ……それって嫌味ですか?」

「何を言う。褒めているつもりだ」

「……もう、ライオードおじさまの意地悪」

誰もいない教会で、二人きりの甘いひと時がゆっくりと流れていく。

「同じ過ちは二度と繰り返さない。今度こそ絶対に護ってみせる。私だけの天使《アンジュ》」

青白い月灯りに照らし出されたアンジェラとライオードの身体が再び重なっていった。

エピローグ　私とおじさまの結婚式

それから半年後——雲一つない空の下、アンジェラとライオードの結婚式が執《と》り行われることとなった。

ライオード邸にはたくさんの客が訪れていた。来客の数はゆうに二百人を超えている。薔薇《ばら》の庭も開放され、そこここで贅《ぜい》を尽くしたご馳走が振る舞われ、音楽と笑い声に満ちている。ホテル・ライオードの従業員たちが、心を尽くして来客をもてなしていた。

アレクセイは、その様子をアンジェラの部屋のテラスから感慨深そうに眺めていた。

「再びこのような日がやってこようとは——」

いつもとなんら変わらない冷ややかな表情をけして崩しはしないが、メガネをずらして目頭をそっと押さえる。彼の横でリイラが微笑むと彼に力強く頷いてみせる。

「アンはそこにいるだけで人を変える不思議な雰囲気を持ってますから」

「……さすがに……今日だけは認めざるを得ませんね」

「大切な人を失ったときにできた傷は、大切な人をつくることによって癒《い》えるのでしょう」

リイラはそう言うと、アレクセイの傍にそっと寄り添った。


一方、アンジェラの部屋では、全身鏡の前にウェディング姿のアンジェラがいた。

繊細なレースをゴージャスにあしらい、後ろへと流したAラインのウェディングドレスだった。細身のアンジェラにとてもよく似合っている。

頭には大粒のダイヤをちりばめた小さなティアラがヴェールを留めている。

綺麗にメイクしてもらった花嫁は、どういう訳か直立不動で鏡の中の自分をじっと睨《にら》みつけている。

なぜなら、少しでも動くと、ドレスの最終調整をおこなっているククに叱られるからだ。

ククはさすがカリスマデザイナーと言われるだけはあり仕事の鬼だった。

職人気質な彼女は、ああでもないこうでもないとレースでつくった薔薇をあちこちに留めてみて――ようやくちょうどいいバランスを見つけたらしく、満足そうなため息をつくと大きく伸びをしてにっこりと鏡の中のアンジェラに微笑みかけた。

「これでよし、と。うんうん、とっても素敵よ！　アン！」

やれるだけやりきった。清々しい笑顔だった。

「クク、ありがとう！　このウェディングドレス、最高傑作だわっ！」

「あはぁ、もっと褒めてちょうだい！　なんてね！　もちろんこのドレスはプレゼントさせてちょうだいね。私からのお祝いなんだから」

「えええ？　でも……そんな悪いわ」

「こういうときに言う言葉は違うでしょう？」

ククは、人差し指を立てて、ちっちっと横に振ってみせる。

「……ありがとう」

「はぁい、それでいいの！　人の好意は素直に受け取らなくちゃね！」

彼女がアンジェラを抱きしめたそのときだった。

ドアが勢いよく開いて、レオが息せき切って飛び込んでくる。

「真っ白な薔薇、いっぱいとってきたぞ！　これで足りるか!?」

彼は、両手で持ち切れないほど大量の薔薇をアンジェラに差し出した。

それはククが彼にブーケ用にと頼んでいたものだった。

だが、ブーケを作るには多すぎる。レオのやる気が漲《みなぎ》りまくっているなによりの証拠だ。

「こんなにたくさんっ!?　ありがとう」

「別に大したことじゃねーし！」

相変わらずなレオにアンジェラは相好《そうごう》を崩す。

頬を紅潮させた彼は、ウェディング姿の彼女をちらちら見ては目を逸らす。

「じゃ、ちゃっちゃとブーケも作るわね」

ククはレオから大量の薔薇を受け取ると、机の上に広げて束ね始めた。

「しっかし……まさかライオード様とアンがなぁ……」

レオはアンジェラのベッドに腰を下ろすと、足をぶらぶらやりながら複雑そうにボヤく。

「……まあ、せいぜい幸せになれよ！　幸せにならなかったらぶっころす！」

「またそんな。口が悪いんだから」

いっちょまえの口をきくレオが可愛くて仕方ない。アンジェラは笑み崩れる。

と、薔薇を束ねて厳しい目でバランスをチェックしていたククが二人を一喝した。

「しっ！　静かにっ！　集中させてちょうだい！」

「ご、ごめんなさい」

アンジェラが慌てて口をつぐむと、人差し指を唇に当ててレオにウインクする。

しばらくして――ドアがノックされた。

アンジェラが返事をすると、ドアが開いてライオードが現れる。

彼はオフホワイトのタキシードを着こなしていた。ピーク襟の二ツ釦《ボタン》で、スリーピース。細めにウエストを絞ったタキシードで背が高い彼にとてもよく似合っていた。

アンジェラは凜々しい彼に見惚れてしまう。

彼は白い手袋をはずして左手に持つと、右手でアンジェラの手をとって恭しく手の甲にキスをする。

「アン、とても綺麗だ」

ブーケ作りに集中しているククを横目に、ライオードは小声でアンジェラに囁《ささや》いた。

どうやら、彼も彼女の集中を乱して叱られたことがあるらしい。

その様子を想像すると、アンジェラは吹き出してしまいそうになる。

「ありがとうございます……ライオードおじさまも……素敵です」

陶然としたため息をつくアンジェラにライオードが鷹揚《おうよう》に微笑んだ。

そのとき――

「よし、できた！」

ククが勢いよくその場に立ちあがると、大きなブーケをアンジェラに渡した。

真っ白なリボンとオフホワイトのリボンとを器用に編み上げて、余ったレースもあしらい、見事なブーケができあがっていた。

「うんうん、完璧！　天才！」

「ミス・ククは確かに天才だな」

「あら、冗談ですのよ。半分本気ですけど？」

いたずらっぽくククは肩を竦《すく》めてみせる。

「では、そろそろ行こう――アンのお母様もいらっしゃってるよ。ここへと誘ったのだが、楽しみは後にとっておくほうだと言われてしまってね」

「あは、ものすっごくママらしいわ……」

ライオードがアンジェラをエスコートすべく腕を曲げた。

アンジェラはその腕に手をかける。

テラスからアレクセイとリイラが戻ってきて、寄り添うアンジェラとライオードの姿を見て目を細める。

リイラがアンジェラのドレスの裾を恭しく持ち、アレクセイがドアに手をかけた。

「では——お二人とも、私がご案内いたしましょう」

彼がドアを開いて誇らしげに言うと、アンジェラとライオードは互いに見つめ合って、幸せそうに頷き合った。

アンジェラの部屋の窓辺には鍵モチーフのスプーンが日の光を受けて燦然《さんぜん》と輝いていた。

END

あとがき

みかづき紅月《こうげつ》です。はじめまして！

ティアラ文庫初参戦ということで、ダンディなおじさまやらスーツやらカフェ、コラージュブックetc、好きなものをぎゅぎゅっと詰め込んでみました。いろいろ趣味が駄々洩れてそうで怖いですが……。この趣味やら欲望やらを読者のみなさんとシェアできたらなにより幸せです。

ちょっと異色かもしれませんが、やっぱり「男は包容力」ってことでおじさまをヒーローに据えてみました！　ちなみに「男は包容力」って、実は私の知人の言葉なんですが、まったくそのとおりだなぁってことあるごとにつくづく思います。その人は編プロの社長さん。合気道をしてて、やることなすこといちいちかっこいいんです。現代のサムライっぽい人で、包容力の塊《かたまり》と言っても過言ではありません。

その魅力でなんと六〇歳にして三〇歳の奥様をゲットしたという……。

バツ二か三だったか忘れてしまったのですが、まあすごくモテるんです。

でも、話してると本当に頼りがいがあってモテるのも分かるなぁと。人として魅力的。哲学を持ってて。草食系にはない魅力があるんですよね。

ちょい悪オヤジとか、枯れ専とかいう言葉も出てきたように、オヤジのニーズは年々高まっていると思います（むしろそう願いますっ）。オヤジ……いいですよねえ。

ちょっと少年っぽいところも残っていながら、経験知から女性の扱いがうまかったりとか……実にいいですねー。

女と男って同じ人間ではありますが、基本的に別な生き物だと思うんです。

男女のあれこれを経験して失敗もいっぱいして、その上で女性との付き合い方を学んでいって熟成されていく。それがオヤジの醍醐味《だいごみ》。

ただし、時折ちょいちょいボロを出してしまうのもイイんですよね。女子供に悩まされてヤレヤレって肩竦《すく》めてたりするオヤジもツボだったり。

あと、ライオードみたいなダンディなおじさまも好物ですが、ヤンチャなオヤジも好物だったりします。

って、オヤジについて語ると尽きないのでこの辺にしときます。みなさんもこんなオヤジが好みだとか、こういうシチュエーションが好みだとかありましたら、ぜひ教えてください！

ちなみに、オヤジオヤジ連呼してますが、クールで嫌味な執事と、ヤンチャな少年も出てますので……そちらもお楽しみいただければと思います。

そして、うっかりオヤジスキーの罠《わな》にひっかかっていただければなお幸いです。自分のほうがもっとオヤジスキーだという先輩のご指導ご鞭撻《べんたつ》も大歓迎です。

ホテル王《おう》のシンデレラ

ティアラ文庫をお買いあげいただき、ありがとうございます。
この作品を読んでのご意見·ご感想をお待ちしております。

✦ ファンレターの宛先 ✦

〒102-0072　東京都千代田区飯田橋3-3-1
プランタン出版　ティアラ文庫編集部気付
みかづき紅月先生係／辰巳仁先生係

ティアラ文庫WEBサイト
http://www.tiarabunko.jp/

著者——みかづき紅月（みかづき　こうげつ）
挿絵——辰巳仁（たつみ　じん）
発行——プランタン出版
発売——フランス書院
〒102-0072　東京都千代田区飯田橋3-3-1
電話(営業)03-5226-5744
(編集)03-5226-5742
印刷——誠宏印刷
製本——若林製本工場

ISBN978-4-8296-6557-2 C0193

原稿大募集

ティアラ文庫では、乙女のためのエンターテイメント小説を募集しております。
優秀な作品は当社より文庫として刊行いたします。
また、将来性のある方には編集者が担当につき、デビューまでご指導します。

募集作品

H描写のある乙女向けのオリジナル小説（二次創作は不可）。
商業誌未発表であれば同人誌・インターネット等で発表済みの作品でも結構です。

応募資格

年齢・性別は問いません。アマチュアの方はもちろん、
他誌掲載経験者やシナリオ経験者などプロも歓迎。
（応募の秘密は厳守いたします）

応募規定

☆枚数は400字詰め原稿用紙換算200枚〜400枚
☆タイトル・氏名（ペンネーム）・郵便番号・住所・年齢・職業・電話番号・
　メールアドレスを明記した別紙を添付してください。
　また他の商業メディアで小説・シナリオ等の経験がある方は、
　手がけた作品を明記してください。
☆400〜800字程度のあらすじを書いた別紙を添付してください。
☆必ず印刷したものをお送りください。
　CD-Rなどデータのみの投稿はお断りいたします。

注意事項

☆原稿は返却いたしません。あらかじめご了承ください。
☆応募方法は郵送に限ります。
☆採用された方のみ担当者よりご連絡いたします。

原稿送り先

〒102-0072　東京都千代田区飯田橋3-3-1
プランタン出版「ティアラ文庫・作品募集」係

お問い合わせ先

03-5226-5742　　プランタン出版編集部